毒
田舎暮らし~~読~~本

樋口明雄

光文社新書

目次

第二部

扉イラスト　つがおか一孝

はじめに

東京から山梨県北杜《ほくと》市に移住して、ふと気がつけば二十年が過ぎていた。

それまで縁もゆかりもなかった土地に突然やってきて、家を建て、夫婦ふたりで老母とともに暮らしてきた。長女と長男が生まれ、すくすくと成長し、どちらも大学生になった。可愛かった雛たちも古巣から飛び立っていってしまった。

思えばこの二十年はけっして平穏ではなく、むしろ波乱に満ちた歳月だった。

楽しかったり幸せだった記憶よりも、艱難辛苦《かんなんしんく》の記憶のほうが多い気がするのはなぜだろう。それでもここに来て良かったと心底から思っている。

動機は単純だった。都会暮らしに嫌気が差し、身近な場所で趣味の登山や釣りがしたくて田舎暮らしを始めた。あのまま、いつまでも都会にしがみつき、そこで無気力に生き続けていたら、きっと今頃、自分はつぶれていただろう。

さいわい職業は小説家。いわば元祖リモートワークである。

もともと原稿のやりとりはメールで行っていたし、基本的に誰とも会わずに書斎に引きこもることが仕事の基本形態であるがゆえ、自分がどこで暮らしていようと変わりはない。『大草原の小さな家』じゃないが、鳥も通わぬまったき自然の奥地に居をかまえるなんていうのは現実的じゃなさすぎるから問題外として、とにかく電話が通じ、ネット環境が整い、近くにコンビニかスーパーがあり、病院があり、ＪＲの駅があればいい。それに、できれば東京に日帰りで行き来が可能な場所。

そんな理由でこの土地を選んだ。

しかしながら、田舎暮らしスタート直後から始まった波乱は、予想もつかないものだった。それも次から次へと波状攻撃のように、あるいは同時多発的にいろいろな問題が立ち上がってきた。都会には都会の苦労があったように、地方にはまったく別の苦労がある。何しろ、ほとんど情報を持たないまま、異世界に飛び込んだようなものだからだ。

逃げ出すか、立ち向かうかの二者択一。

けっきょく後者を選ぶしかなかった。土地を買い、家を建てて、ここを終《つい》の棲家と決めていたからだ。

おかげでずいぶんと心身が鍛えられたし、多少は度胸も身についた。それまで気づかなかったいくつかのものが見えてきたこともたしかだ。

「平凡な生活とは戦って勝ち取るもの」

昔、ある作品の主人公にそんな科白《せりふ》をいわせたことがある。今にして思えば、作者自身がそれを実践してきたことになる。いわばこれは開拓《フロンテイア》である。

地方移住は人生において最大の転換期だといってもいい。

だから、それなりの覚悟とモチベーションが必要なのだ。

そこに行けば雄大な自然がある。

きれいな空気と美味しい水がある。

だが、それだけでは幸せとはいえない。なぜならば、それらはあって当たり前のことばかりだからだ。

本当の価値とは何か。そのことに気づかねばならない。

田舎暮らしを希望する人の多くは夢を持つ。それはいいことだと思う。何よりもその夢の実現こそが、最大の原動力であり実行力でもある。ところがその夢が、ややもすれば自分の足を引っ張る原因になることだってある。

心に描いていた理想とはまったく違う。

こんなはずではなかったと思う。

行き詰まったあげく、田舎暮らしをあきらめ、傷心を抱えて都会に戻っていった人も多くいた。

試練を乗り越えてこそ、初めてその土地の良さがわかってくる。

そんな覚悟がなければ新天地での暮らしはやはり無理だろう。

自分にとってのこの二十年という時間は、苦難の連続であったにせよ、けっしてむだではなかったし、おかげで田舎暮らしに関してはそれなりにスキルアップもできたと思う。

何よりもわかったのは、心身ともに器用でなければならないということだ。

自分がどこまで器用になれるか。

田舎暮らしとはそのための試練であるといっても過言ではない。

二〇二〇年、突如、世界を席巻したＣＯＶＩＤ‐19という名の恐るべき病禍によって、現代人の生活は一変してしまった。

感染が爆発的に拡大し、あっという間にパンデミック状態。死者も多く出た。それから一年以上が経過して、まったく収束する気配もない。やれワクチンだ何だと世間が騒いでいるうちに、ウイルスはデルタ株にラムダ株と自らの形態を変え、巧みに先手を打ってくるのだから。

結果、経済は沈滞し、景気が落ち込み、職を失った人も少なくない。

政治は迷走し、疾病対策に関しては常に後手後手に回り、何をやっても無残な醜態をさらけ出すばかり。おかげで多くの国民は、お上は頼りにならないから、自分の命は自分で守るべきだという必要性を学んだのではあるまいか。

一方でステイホームが広がって物流が活発となり、インターネットを駆使したリモートワークが日常化してきて、それまで毎日、満員電車に揺られて会社に通うという常識が大きく変化し始めた。高度にインフラが発達しているため、社内のデスクにかじりついていた仕事が自宅でもできるということに、ようやく人々が気づき始めたのである。

そうなると、大勢が密集する都会で常にソーシャル・ディスタンスを気にしながら生きていくよりも、いっそ地方に居住を移したほうがいい。光回線さえあれば、どこでだって仕事ができるのだ。

そんな理由で思い切って地方移住を考える人々が増えている。

我が山梨県北杜市に関していえば、たしかに移住者が増えたと実感する。

地元の不動産業の担当者に取材を入れると、下は三十代から上は六十代以上まで、移住やデュアルライフ（都会と田舎の二重生活）を考えて、頻繁に相談の電話があるという。「ネットで物件を見つけたので、実際に現地で見てみたい」と具体的なことをいってくる人も多い。

「実は最近、うちが出していた物件がすべて売れて、お客様が〝待ち〟の状態なんです」

そういってきた不動産業者もいる。

ちょうどコロナ禍がいったん収まりかけた二〇二〇年十月頃がピークだったそうだ。こんなことは、ここ何十年で初めてだという。

友人の建築士も、ここのところ新築ラッシュが続いて大忙しだそうだ。

ウッドショックと呼ばれる、とりわけ外材の品不足による価格高騰が昨今の問題となっているが、それもいずれは落ち着くだろう。木材の需要があるかぎり、供給が止まることはないからだ。

空き家バンクも大きく動いた。

地元で誰も住んでいない家を、売買や賃貸のために持ち主が登録するシステムだが、コロナ禍以後、いろんな物件が成約し、移住の前段階として仮住まいに暮らしてみたいという人や、実際に移住してくる人も少なくない。中には就農のためと、明確な目的を持ってやってくる人もいるそうだ。

むろんただで移住や仮住まいができるわけがない。

家を建てるにしろ、借りるにしろ、それなりの資金が必要なため、ある程度、生活に余裕がある人々が真っ先に動いている。が、民間金融機関の無利子融資、貸出金利ゼロパーセントが続いている今こそチャンスと、資金の一部あるいは大半を銀行から借りる人も少なからずいる。

とにもかくにも、脱都会、地方移住を考えるなら、夢を実現させるための具体的な計画を練る必要がある。そのためには、やはり移住経験者の貴重な体験から学ぶことをオススメする。

そうした意味において、本書はきっと役立つはずである。

しかしながら世の中、いいことばかりじゃない。

むしろつらいことのほうが多い。こと田舎暮らしにおいては、想像を絶する苦労を強いられるはずだ。そのことをぜひとも知っていただきたいと強く思っている。

だから本書のタイトルは『田舎暮らし毒本』とした。

第一部は自分の経験を語りつつ、移住や生活についての一般論。

第二部からは、まさにタイトル通り、作者自身のさまざまな事件や出来事を振り返り、田舎暮らしの表と裏を本音で書かせていただいた。

あらかじめ何が〝毒〟であるかを知っていれば、あえてそれを口に入れることもない。

二十年の移住経験が、読者の皆様の心に何かうったえるものがあれば幸甚である。

第一部

第一章　移住の前段階

思い立ったが吉日というが、何事もスタートが肝心である。

地方移住、田舎暮らしというものは、ぽんと思いついてすぐに実行できるものではない。周到に準備をして、リサーチを重ね、最後の最後に決断する行為である。

それが成功するか失敗するかは、この前段階ですでに決まるといっても過言ではない。

なんらの下調べもせず、知識もなく、ろくな準備もなしに、いきなり田舎に引っ越してしまう。そんな人もいることはいる。が、そういうせっかちなタイプの人間は、だいたいにおいて新生活が破綻《はたん》している。

逆にあまりに準備期間を長く作りすぎるのも考えものだ。

あれこれと情報をかき集め、資料とにらめっこしているうちに、次第に不安がつのってきたり、熱が醒めてしまうこともある。

夢を持つ

夢は夢であるうちが花――。

まずはその話から。

十代の始め、大きくなったら小説家になりたいと思い始めた。

その頃から大学ノートに小説を書き、同級生たちに読ませていた。当時流行ったＳＦアクション小説をパクっただけの素人小説だが、友達らの受けが良くて続きを催促された。自分には才能があるのだと勝手に思い込んで、至極ご満悦だった。

放課後、同じ趣向の友人たちと教室に居残りして、〇・三ミリのシャープペンを走らせ、小指の側面が真っ黒になるまで小説を書いた。ノート一冊でまるまる一作品。できあがったときの満足感ったらなかった。将来への期待を胸に、心の底から楽しみながら文章を綴っていた。

それは小説家になるという純粋な夢。

ところが大人になってゆくにつれ、現実という壁にぶち当たり、砕け散ったり、あるいはときとともに少しずつ色あせていく。同好の仲間たちはひとりまたひとりと、その夢から脱落していき、気がつけば自分ひとりが取り残されていた。

大人になって少しだけ会社勤めもしたけど、やっぱり自分に合わない。仕方なく出版業界の周辺をうろうろしているうち、ライターの仕事が舞い込んできて、しだいに自分の名前で本が出せるようになり、気がつけばいっぱしの小説家になっていた。

夢がかなった――という実感はなかった。

文学新人賞の類《たぐ》いをいただいて華々しくデビューというのならともかく、自分の場合、少しずつスライドするように小説家というステージに上がっていったわけで、だから実のところ、私にとってデビュー作がいったいどれなのかよくわからない。そんなことだから、よけいに小説家になったという自覚がなかったのだろう。

プロとアマチュアの違いは、それで飯を食っていけるかどうかということに尽きる。

生活のために小説を書く。

そこにはティーンの頃、胸ときめかせながらノートに自作小説を書いていたときのような純粋な喜びはない。

日々、締め切りに追われ、真綿で首を絞めてくるようなスランプと闘い、本当にこの作品がおもしろいのだろうか、今のままでこの先の生活が成り立つのかなどと、さまざまなストレスや不安の中で、それでも必死にパソコンにしがみつくように書いていく。

しかも、とっておきの自信作がまったく売れなかったときの絶望感といったらない。

あの若き日々の時代、小説家がこんな暮らしだということを想像だにしなかった。たしかに当時は本がよく売れたし、とりわけＳＦやミステリといったエンターテインメント系の小説が勃興し、もてはやされた時代だった。しかし今は出版業界のバブルも崩壊し、冬の時代になって久しい。そんな中でまだ自分が現役でいられることだけでもありがたいと思っている。

こんなはずじゃなかった。そんなことをたびたび思いつつも、還暦を過ぎればもう現世における社会復帰など望むべくもない。このまま朽ち果てて死ぬまで小説を書き続けていくだけだ。

娘がまだ小さな頃、いっとき「将来、小説家になりたい」といったことがあった。

内心は嬉しくもあったが、やはり父親としては経験を踏まえて厳しい現実を教えるしかなかった。

「小説家というのはね。君が大嫌いな宿題が、一生ずっと続くような仕事だよ。それでもいい？」

どうやら説得力があったらしく、それきり娘の口からそんな話は聞かされなくなった。

のっけから私事を延々と書かせていただいて恥ずかしいかぎりだが、実はこの経験、これから田舎暮らしを始めようと思っている人々、あるいは地方への移住を夢見ている人にとって、かなり意味深なものになると思う。

冒頭に書いたように、夢は夢であるうちが花だからだ。

子供たちにとって一年でいちばん幸せな時間は、夏休みの前日だ。なぜならば、夏休みが始まってしまえば、あとは一日また一日と幸せな日々が短くなってゆく。それが現実という残酷な時間なのである。

むろん夢を見るのは悪いことではない。

自分が夢を抱きながら小説家になったように、これから田舎暮らしを望み、実行しようとする人たちにとって、やはり夢は起爆剤であり、大きな原動力となる。夢のない移住などあり得ない。だから、いろいろなことを夢想すればいい。

しかしながら、夢は悪夢に取って代わることもある。

この本は、田舎暮らしを希望する、あるいは実行するみなさまが、そんな悪夢に直面しないためのノウハウを書いているのではない。田舎暮らしにおける悪夢とは何なのかを明確にして、それぞれが独自に対処して生きていっていただきたい。そのためのエネルギーを得てほしいと思う。

何の苦労もなしに人生を送ることは難しい。たとえ大富豪でも、彼らなりの悩みや不安があるに違いない。私自身、夢を見て、それを実現し、同時に数多くの苦労を体験してきた。それはもしかすると、一種の通過儀礼だったのかもしれないと、今では思っている。いつか、あのときがいちばん幸せだったなあと回想するかもしれないが、それはまた別の話。

イメージする

大学入学とともに上京し、東京に二十年ばかり暮らしていた。いいこともいやなこともいっぱいあったが、アウトドア趣味が高じて都内から奥多摩や丹沢に出かけるたび、自然の中にいるほうが幸せだと感じ始めていた。

あるとき、寝床から起き上がれないほどに精神的に打ちのめされたことがあり、それが決定打となった。緑の少ない都会の景色を見ていると、心がどんどん色あせてゆくのである。

思い切って東京を出て、地方に引っ越すべきじゃないだろうか。

故郷である山口県に戻るつもりはなかった。Iターンという矛盾した言葉があるが、それはいっさい考えていなかった。どうせなら、まったく知らない場所で新生活を送りたい。それも大好きな名山に囲まれ、渓流釣りができるような美しい川がある土地。

自分の中にある田舎暮らしのイメージを、原稿書きの合間にパソコンで文章にしたり、イラストを描いてみたりした。

周囲に他の家がない。森や林が広がり、清冽《せいれつ》な小川が流れ、夜は満天の星が光る。そんな場所にポツンと一軒家を建てて住む。

美しい峰々や森を窓越しに見ながら原稿を書き、夕方になれば釣り竿を持って近所の川に出かける。夜は庭先で焚火をし、星を見ながら洋酒をチビチビと飲む。大きな仕事が一段落したら、ザックを背負って何日も山に入って縦走する。

冬は薪ストーブの前に寝転がって夜長の読書を楽しむ。そのために薪割りをし、薪棚にたくわえていく。斧をふるい、汗を掻《か》きながら肉体を酷使すれば、きっと田舎暮らしの充実感を味わえるはずだ。

小さな家庭菜園をやってもいい。夏野菜や根菜類。ハーブなど。

お手本となったのはアウトドア作家として知られていた故・田渕義雄さんの著作の数々だ。『森からの手紙』『寒山の森から』『メイベル男爵のバックパッキング教書』など。

田渕さんの本は片っ端からむさぼるように読んだ。

長野県川上村の山奥、標高千四百メートルの森に家を建てて暮らし、家具造りに畑作、フライフィッシングや登山に親しみ、何よりも薪ストーブをこよなく愛していた。アウトドア界に輝く星のような存在だった。吉祥寺に講演に来られたときはかぶりつきの席で拝聴し、新刊本にサインを入れていただいた。

私自身がフライフィッシングにはまったのは、田渕さんの著作のおかげだ。登山やトレッキングをするようになったのも彼の影響。

いつか田渕さんのような生活ができればと夢を持った。どうせ地方に移住するなら、彼のような暮らしを実践したい。

田渕さんは『森の生活』で知られるアメリカの作家、ヘンリー・デビッド・ソローを敬愛されていた。自分にとっての田舎暮らしのイメージはまさに田渕さんの生活のコピーだった。

寒山――そう呼べるほど標高の高い山の中。蝶やトンボが庭先を舞い、シカたちが遊びに来たり、春は山菜、秋はキノコ採り。そして庭先を流れる川には山女魚《ヤマメ》や岩魚《イワナ》が泳いでいる。

そんな生活を夢想し、陶然となっていた。

日頃、登山や釣りはいつもソロスタイルだったから、まったき自然の中で孤独に生きていくことに、きっと苦痛はない。寂しさなんて感じない。むしろそんなナチュラルな世界の中で、のびのびと開放感を味わいつつ、スローライフを送れるだろう。

何よりも煩わしい人間関係に悩まされずにすむ。

たまに都会から知人が来ると、この素晴らしい環境に感嘆し、憧れてくれるはずだ。

そんなことを考えながらニヤついていたのだから困ったものだ。

今にして思えばの話。

もちろん、移住者はことごとく、そんな人里離れた山中で誰にも会わずに暮らさねばならないというルールはない。

田舎といえば田園や野山を想像するが、ちゃんと町だってある。

商店街があり、コンビニやスーパーやホームセンター、ショッピングモール、映画館や美術館があったりする。都会ほど便利ではないだろうが、その規模を縮小したようなものだと思えばいい。

実際に地方移住する人々の大半は、そういった街中で新生活を送っている。

何よりもまず仕事が重要だから、職場の環境や通勤といった条件を考えれば当たり前のことなのだ。

田舎暮らしの仕方は、人それぞれのイメージが違うから、自由に発想すればいい。

虫や動物が苦手な人もいるだろうし、地方に行っても、やはり人の中にいたいと思う人もいるだろう。持ち家や借家でなく、アパートやマンション暮らしをしたっていい。都会とはまたひと味違う、近所の人々との交流が始まるかもしれない。

逆に群衆が苦手だったり、近所との交流がいやだったら、適度に人のいない場所を選ぶ。ただしあまりに人けのない土地にポツンと住み着くのは、大きなリスクを背負うことでもある。それはまた後述する。

田舎暮らしの定位置を決めるということは、他人との距離感を決定するということでもある。

費用がかかる

家も土地もただでくれてやるといわれた——なんて話、実はごくごくまれに耳にしたことがあるが、決して期待をしてはならない。よほどの幸運や人脈がないかぎり、そんな状況は起こりえない。

移住には自己資金が必要となる。

移り住むスタイルにもよるが、とにかくまとまった大金がなくてはだめだ。

土地を購入し、そこに家族で暮らせるような家を建てようと思ったら、少なくとも数千万。それだけの貯金があったり、相応の収入があればいい。そうでなければ莫大な額の借金を背負うことになると覚悟しなければならない。また、借金すらできない場合も珍しくない。

田舎暮らしの計画が最初に頓挫《とんざ》するとすれば、まずこの段階である。

人生、何かと出費ばかり。食事をしたり、移動したり、眠ることにだって金がかかる。大きなことをしようとすればするほど、それだけの予算が必要となる。

今回、取材した地元の不動産業担当者いわく、「夢の田舎暮らしをストレートに実現できたのは、まあ、いわゆる成功した人たちですね」。

何をもって「成功」というべきかはともかく、それだけ資金的に余裕がある人たちが、真っ先に移住を決行したり、地方に土地や住処《すみか》を確保できたということだ。そうでない場合は何らかのかたちで資金繰りをしなければならない。

私の場合、資金の大半は故郷の旧家と土地が売れたことによる収入があった。

しかしそれだけでは不足していて、残りを銀行からの住宅ローンで充てる計画だった。当時、ちょうどゼロ金利政策が始まったばかりの頃だった。ところがバブル全盛の時代ならともかく、九〇年代末期の冷え込んだ経済。「貸し渋り」という言葉が流行したぐらいで、銀行はこと個人相手への融資を渋るようになった。

定期収入があるならともかく、小説家という職業はフリー。フリーというのは、実は無職と紙一重だということをいやというほど思い知らされることになる。

ことにその前年、新刊の数が少なく、収入が大幅に減っていた。融資を頼んだ銀行の担当者は申告書のコピーを見て顔色を曇らせる。融資には担保が必要だが、その担保となるものがない。地方銀行、信用金庫、あれこれと回っては断られ続けた。

けっきょく最終的に自分と老母の定額貯金を担保に、郵便局（のちの、ゆうちょ銀行）から借り入れることができた。もちろん数年かけて、すべて返済を完了した。

実をいうと、恥ずかしながら経済関係にあまり詳しくないので、このジャンルに関して多くは語れないのだが、地方への移住計画には、何をおいても必要なのが資金であることだけは間違いない。

ところが自分が経験した二十年前と今の実情は違ってきているし、銀行は低金利の住宅ローンを始めたり、ゼロ金利、無利子融資が続いていたりとチャンスはあるわけだから、すぐにあきらめるべきではないと思う。ダメモトで当たってみるのもいい。

もっとも自己資金がなくても、田舎暮らしという夢を見ている人々は大勢いるだろうし、土地を買い、家を建てなくても、田舎で暮らす手段はいくらでもある。

まず、中古物件。不動産情報をチェックしていれば、手頃でお気に入りの住処が見つかる可能性がある。

空き家バンクを利用するのもいい。

これは市町村といった自治体が、それぞれの地域にある空き家を地方移住を希望する人々を対象として定住や賃貸の促進を行う制度だ。売買や賃貸借契約などに不馴れな人たちが安心かつ確実な契約ができるというメリットがある。

ただし紹介は自治体だが、実際の契約は仲介する不動産会社や物件の持ち主を相手にすることになる。トラブルの話も耳にした。とにかく何かにつけゼロ・リスクというものは存在しないのである。

賃貸もひとつの手段だ。田舎にも集合住宅や借家が実はいっぱいあって、しかも都会よりも遥かに家賃が安い。いずれ家を建てたいと計画している人、あるいは試しにその土地で暮らしてみようと思う人にも、仮住まいという意味においてそうした物件はお勧めである。

また、地方によっては移住への助成金制度がある。これは前もってネットなどで調べてみる価値があると思う。

車は必需品

十九歳で普通自動車免許を取得したが、実はずっとペーパードライバーだった。

車というものがそんなに好きではなかったし、そもそも都会生活でマイカーは不用だった。何しろ公共交通機関が網の目のように発達していて、電車や地下鉄に乗ればどこへでも行けた。

どうしても車が必要な場合はレンタカーを借りればいいと思っていた。

都内で自家用車を所有する人は、車に乗ることが職業である場合や、仕事やレジャーで地方に出かける機会が頻繁にある場合が多い。あるいは、たんに車が趣味という人たちだろう。持ち家にカーポートでもあれば別だが、月極駐車場の料金はえらく高い。車検や税金も莫迦にならないし、車を買ってはみたものの、けっきょくほとんど乗る機会がないという人もいっぱいいる。

私の場合、奥多摩や丹沢に釣り、登山に行くときの交通手段は電車やバスだった。仕事や生活とは別の意味での遊びだったから、それで事足りたのだろう。

ところが田舎暮らしの場合、車はどうしても必需品となる。というか、車がないと生活が成り立たないといいきってもいい。

土地を買い、家が建つまでの十カ月ばかり、八ヶ岳南麓で借家住まいをしていた。最初の頃はまだ車を所有せず、中古で買った原付スクーターに乗っていたが、やはり車ほど荷物を運べず、雨風に吹きっさらしでの走行は不便を感じた。

そのため、ほぼ二十年のペーパードライバー歴に終止符を打った。

移住先の土地は未舗装のラフロードが多かったり、雪が降ったり、道路が凍結したりする場所だから、やはり四輪駆動車という選択しかなかった。しかも、少しでも税金が安い軽自動車。

当時は今ほどRVの種類もなかったから、四駆の軽といえば三菱・パジェロジュニアかスズキ・ジムニーぐらい。双方を性能的に考慮し、昔からジープに憧れていたことを考えると、購入するべきマイカーはすぐにジムニーと決めた。

ところが乗り心地が悪いと定評のジムニーは、日常乗る車に向かないと妻に反対された。

「俺にとって世の中に車は二種類しかない。ジムニーとジムニー以外の車だ」

そんなハードボイルドな言葉で説得を試みたものの、「だったらジムニー以外の車にすれば？」とすかさず返されて、ぐうの音も出なかった。それでもなんとか幸運にもジムニーを買うことになり、中古で手に入れたのがＪＡ11という旧型車だった。

ジムニーはとにかくラフロード向きで、雪や凍結の路面に強いという評判だった。

しかしながら、何しろサスペンションがリーフスプリング（板バネ）だから、快適な運転とはいいがたいし、前輪駆動から四輪駆動への切り替えも、車内のトランスファーバーの操作だけではなく、いちいち車外に出て、左右の前輪タイヤのフリーホイールハブを回さなければならない（後発のＪＢ23という型になって以降は、すべて車内での操作が可能となった）。

そんな手間のかかる操作は、マニア向けというか、実用にはほど遠い。

それでも路面がテカテカに滑るアイスバーンでの走行は、ジムニーの右に出る車はないことはたしかで、凍った雪道で立ち往生した普通車を横目にスイスイと走るときは、ちょっといい気分になれたものだ。

その初代ジムニーも老朽化して、ＪＢ23という新しいジムニーに乗り換えたのが七年前。

一時は家族総出でレジャーに使うため、スズキ・グランドエスクードという大きな四駆車も購入したが、とにかく維持費がかかりすぎるために手放した。

今は妻がスズキ・ハスラー。野良仕事などのために隣家から譲っていただいた軽トラック、ダイハツ・ハイゼットと、軽自動車ばかり三台を日常で使っている。

田舎暮らしにはやはり軽自動車が便利だと思う。維持費も税金も安い。

地方においては、一家に一台どころか、複数台の車を所有する人がほとんどだ。

たとえば夫婦それぞれ一台ずつ、くわえて軽トラックが一台など。かつての我が家がそうだったように、さらに家族で乗る大型車があれば、これで四台となってしまう。

毎年の維持費も相当なものになる。

仮に車がない田舎の生活を考えると、交通手段はタクシーかバスしかない（ウォーキングが趣味とか、自転車があるからなんて人もごくごくまれにいるが）。運賃が高額なタクシーは論外として、バスは路線が決まっている上、一日の本数もかぎられている。市民の足といわれるデマンドバスが戸口と目的地を結んで走っている町ならいいかもしれないが、それとて待ち時間があったりする。

そんなわけで、田舎暮らしに自家用車の所有は必須条件といいきってもいい。

移住した当初は、我が家から一キロ離れたコンビニまで「エコと健康のため」といいつつ徒歩で行ったり、自転車を使ったりした。しかし最近は怠惰になり、とにかく車だ。たしかにエコロジーも健康も大事だが、何しろ時間がもったいないからである。

そんなこんなで、田舎暮らしは運動不足になるというのが常識。

都会暮らしのほうが、よっぽど足で歩いていたという事実に気づかされるのである。

車の免許がないとか、車だけは乗りたくないという人は、スーパーや病院、コンビニなどに歩いて行けるという条件で土地や物件を捜すしかない。徒歩で行ける距離にそれらがあるなら、ミニ都会のような暮らし方も可能だろう。

田舎暮らしを選ぶ人々の大多数は、やはり自分の足としての車を所有する。

日頃の買い物やレジャーのみならず、子供たちの学校などへの送迎も車ですることが多い。

ホームセンターでＤＩＹに使う大きな木材などを買う場合も、自家用の軽トラックがあれば便利だ。

それから、最近よく見かけるようになったＥＶ（電気自動車）。これはご存じのようにガソリンという化石燃料の呪縛から解放された次世代の自動車だ。アイデアひとつでエコロジーにつながり、たとえばソーラーバッテリーなどから充電すれば環境に優しいし、災害による長期停電などのときに非常用電源として有効だ。

また、地方移住のスタート前に下見をしたり、いろいろな土地を見て回るというケースにおいても、自分の車があれば自由が利き、広範囲に捜索ができるのはいうまでもない。

移住先を捜す

講演会などでよく「どうして、今のお住まいの土地を決められたのですか？」と質問されることがある。そんなときは、「地図に向けてダーツを投げたら、たまたまそこに刺さったんです」と冗談を返す。

ところが、それがたんなるジョークでもないことに気づいた。

今、私が暮らしている土地の名を、移住前はまったく知らなかったからだ。有名な観光地だとか、ミネラルウォーターやウイスキーの企業があるとか、人気テレビドラマのロケ場所だったとか、あとになっていろいろなことを知った。

当時はまったくそこに興味もなく、ただ不動産会社の案内で紹介されたいくつかの土地の中から、ぽーんと決めただけのことだった。

人生には多くの〝出会い〟がある。

人も土地も出会いだ。

それがいい出会いであるか、悪い出会いであるかは運次第。ただし土地ということに関していえば、前もってくどいほど下調べをしておけば、その運不運は多少なりともいい方向に持っていけるのではないだろうか。そこが私の反省点のひとつでもある。

何がきっかけだったかは判然としないが、小さな頃から信州に憧れていた。

長野県である。

若い頃のデビュー以来、やたらと信州が小説の舞台となったし、移住前はバックパックひとつで信州を北から南まで放浪していたこともある。もちろん山にも登ったし、渓流釣りもした。

そんなものだから、移住先は信州と決めていた。

都会から安曇野《あずみの》に移住してペンション経営をしている人を紹介してもらい、電話でいろいろと暮らしぶりや土地のことなどを訊いた。

それから現地に足を運んだ。

中央本線の特急に乗って松本へ。

往年のテレビドラマ『白線流し』が好きだったせいで、そのロケ地だった松本という地方都市に憧れていた。しかし、ここまで来て街中に住み着きたくはなかったから、さらに足を伸ばし、大糸線に乗って穂高駅で下車し、安曇野一帯を回った。

雪を抱く北アルプスの峰々が美しい田園風景に心が洗われるようだった。こんなところに住みたいと心底思った。現地の不動産業者をいくつか訪ね、担当者の車に乗せてもらい、いろいろな物件を見て回った。

安曇野だけではなく、池田町、大町、さらに山奥に入って麻績《おみ》村、今は松本市に編入された旧四賀《しが》村など。

ところがどこも私のイメージとは違った。

私が求めているのは、あくまでも自然のまっただ中で生活することだった。田舎暮らしというよりも、つまり山暮らしである。

そのことを地元の不動産業者がどうしても理解しない。

住宅街の中にある分譲地に案内されたり、山がよく見えるからと、丘の中腹の団地のような場所に連れて行かれたり、そうかと思えば、山の奥にひっそりとある限界集落のようなところで、すっかり荒廃して草ボウボウになった畑地を見せられたりする。お化けが出そうな朽ち果てた古民家の前で車を停められたこともあった。

自分の理想や希望を伝えようとしても、なかなか理解してもらえず、担当者が首をひねる。あげく、「あんたも変わってるだなあ」と苦笑いされる。

それにつけても信州——とりわけ安曇野のような観光地は土地代が高すぎた。

自分の土地はなるべく広く確保したい。田舎に来てまでして、隣に家が建つなんてまっぴらだと思っていた。だから最低でも五百坪は欲しかった。ところが安曇野辺りの地価で、予算内で土地を買おうとすると、せいぜい百から百五十坪程度。都会でそれだけの面積があればかなり広く思えるだろうが、何もない田舎の土地ではえらく狭い。

けっきょく、信州に土地を求めることは断念した。

東京に戻る途中、小淵沢《こぶちさわ》駅で降りてみた。

山梨県である。

八ヶ岳南麓、小淵沢や大泉、清里など。やはり観光地のせいで土地が高い。仕方なく、釜《かま》無《なし》川の対岸に目を向けると、白州《はくしゅう》、武川《むかわ》など、それまでの地価の半額程度で売りに出されている。

これはしめたと思った。

そうしてようやく巡り会えたのが、今、定住している土地だった。

海の近くに住みたい人、やはり山がいいという人。人がいないところがいい。あるいはやっぱり人が集まっている場所がいい。移住希望者によって、いろいろいると思う。

いずれの場合も、とにかく下見を繰り返す。足繁く現地に通うことである。

できれば一年。つまり真夏の暑さと降雨、冬の寒さや雪も体験するべきだ。

さらに気候や気象条件のみならず、とくに大事なのが周囲との人間関係。移住後に失敗するいちばんの原因がそこにあるからだ。

昔から、あるいは先祖代々、その土地に住んできた人々にとって、移住者はあくまでもよそ者であり、異分子である。そんな人たちとどうやって交流するか。あるいはいっさいの交流を断って生活するのか。

移住希望地に行って、そこに暮らす人々と会話を交わしてみる。

あるいは先にそこに移住して暮らしている人を捜して、暮らしぶりを訊いてみる。ひとりではなく、できるかぎり多数。新住民と旧住民の分け隔てなく、会話をしてみる。それは単視点ではなく客観性を得るためである。

可能ならば借家を借りて住んでみるのもいい。その土地に知人が住んでいればなおいい。

県民性という言葉が昔から嫌いだった。

しかし、長くその土地に暮らしてみると、悲しいことにそれを認めざるを得ない結論となってしまった。県単位どころか、その町、その地区でも、住む人々の気質に差異があったりする。

もちろん、いい点もあれば悪い点もある。人間、不思議なもので、初めての出会いのときは、その人のいいところばかりが見える。ところが長く付き合うにつれ、それまで見えなかった欠点や悪い点が見え始める。

それは人間ばかりではなく、土地も同じだ。

何事も完璧というものはないし、百点満点を求めても仕方ない。どこかで折り合いをつけて妥協することも重要だ。

土地を決める

美というのは一生楽しめるものではない。

それがどんなに美しく感動的でも、いつかは飽きてしまうのだ――そんなことに気づいたのは、この土地に住み着いてからのことだった。

東京に本店があり、八ヶ岳南麓に支店を持つ、大きな不動産会社の会員となっていた。その会誌に載った土地を見ては、実際に下見をしたりしていたが、たまたま写真に出ていた光景が妙に気に入って、現地を案内してもらった。

山梨県北杜市。当時は市町村合併の前で、北《きた》巨摩《こま》郡と呼ばれていた。

真冬でかなりの積雪が残っていたが、その土地まではギリギリなんとか車が入れた。まさに山懐《やまふところ》という感じで、山と里との境界にその地所はあった。そこに至る未舗装の道沿いに、何軒かの小さな別荘が並び、土地の持ち主だという人が定住する家がポツンと隣接していたが、さほど気にならなかった。

面積は七百坪。地目は山林。もともとアンズの木を植えた果樹園だったという。ゆるやかな傾斜地だったが、真正面に雄大な八ヶ岳が左右に裾を伸ばし、澄み切った空気のおかげか、やけに近くに迫るように見えて、その迫力に圧倒された。

後ろは低い山で雑木林が広がり、地所を抜けるように小さな沢が流れている。電気はすでに来ているし、井戸も元の土地の持ち主のものを共有できるという。

なんといっても空が広い。夜はきっとさぞかし満天の星が美しいだろう。

標高はおよそ七百六十メートル。

圧倒的な迫力の南アルプス・甲斐駒ヶ岳

一年を通じて暑すぎず、寒すぎることもないだろう。

ここでいいかもしれないと思った。

アウトドア作家、田渕義雄さんのような暮らしをしたいという希望は、移住希望地の下見を繰り返すうちに、少しずつ色あせ始めていた。

人里から離れた標高千四百メートルの寒山に住むというのは現実的ではない。真冬は壮絶に冷え込むし、大雪に閉ざされたらそれこそ陸の孤島になってしまう。当時は老母もいて、万が一のときに救急車も来られないような場所に家を建てるわけにはいかなかった。

庭先で釣りをしたいという夢もあきらめた。

大小の河川近くの物件をいくつも見て回ったが、たいていの場所にはこういう看板が立っていた。

〈土石流危険流域〉

せっかく土地を買い、家を建てたはいいが、大雨で川が増水したり、あるいは鉄砲水、土石流で一気にすべてが失われてしまう。最悪、私と家族の命すらも。

やはり何事にも妥協が必要だ。

そんなわけで、考えに考えたあげく、この土地を買うことにした。

のちに妻となる女性もいっしょに下見に来て、どうやら納得してくれたようだ。

不動産会社を仲介に、土地の持ち主と契約を交わした。

相手は人の良さそうな老夫婦で、旦那さんは某企業の重役だったそうだが、定年退職後に就農のため、都会からここに移り住んだ。農業学校に通い、畑作のノウハウを学び、ユンボ（小型重機）や軽トラを所有されていた。

家を建てるに当たってあれこれトラブルもあったが（後述）、無事にログハウスを建て、この土地で暮らし始めた。

何年か経つうちに、眼前にそびえる八ヶ岳がどんどん見えなくなっていった。

森の木々が伸びていったためだ。

我が家の周囲はヒノキやそのほかの雑木林にすっかり囲まれてしまった。

しかしその頃には毎日、八ヶ岳を眺めては感動したり、胸をときめかせることもなくなっていた。冒頭に書いたように、美というものはいつしか飽きてしまうものなのだ。のみならず、田舎暮らしの開始直後から、心の余裕を忘れるほどの多忙と厄介事が待っていた——。


移住する土地を決定する。

それは一生を左右するほどの重要な決断である。

そこが天国になるか地獄になるか。運と努力次第。だから、けっして下見、下調べなどの調査活動に手を抜いてはならない。

土地の所有方法はふたつ。購入と借地とがある。

資金が潤沢でない場合、地主との契約で土地を借りるのもいい。ただし、そこがあくまでも自分のものではないということで、いろいろと制約が出てくることも覚悟しなければならない。

不動産会社はいろいろな土地を紹介してくれる。担当者はきっと親切で熱心だろう。

自分が移住したい土地のイメージを明確に相手に伝える。

独立した土地か、あるいは分譲地でいいのか。平地か傾斜地か。

大きな条件はやはり日当たりだろう。どれだけ素晴らしい条件の土地でも、周囲が深い森で、まるで日が当たらない場所は選ぶべきではない。一日じゅう日陰だと、布団が干せないだけでなく、冬場の暖房費もかかるし、だいいち日中の暗さにだんだん気が滅入ってくるはずだ。

だからといって、日当たりが良すぎることにも実は欠点がある。

周囲が大きく開けている場所、とくに近くに高い山があったりすると、ことに冬は風が強い。空気が乾いた季節は地面の砂が巻き上げられて、まるで砂嵐のようになる。パウダースノーが積もっていればブリザード（暴風雪）のような状態となる。

道路の有無も考える。

いくら田舎でも大きな幹線道路の傍《そば》に暮らすと、車の往来がうるさく、夜間工事が入ることもあって、都会暮らしと変わらないという状況になる。かといって田んぼの畦道《あぜみち》のようなショボい道路しかない場所は、車が入っていけない。

よく〝赤道《あかみち》〟と呼ばれ、国や自治体が所有するが道路法の適用がなく、未舗装で手入れがされない公道もあちこちにある。こういうところは大雪のときは、除雪の対象から見捨てられてしまう。そういう場所に暮らすのなら、自力で雪かきをして幹線道路までの動線を確保する必要がある。

周囲の施設も考慮しなければならない。

病院、スーパーマーケットやコンビニがなるべく近くにあったほうがいいし、列車、バスなどの公共交通機関の最寄りの駅、停留所はどこにあるかなどを調べる。何かあったときには交番や派出所のおまわりさんがありがたいし、銀行、郵便局もどうしても利用しなければならない。

また、子供がいたり、将来、子供を作る予定の場合、保育園や学校の場所を考慮する必要がある。

もちろん職場との通勤距離や手段なども重要な要素である。

田舎の場合、多くがプロパンガスだ。だから都市ガスよりもだいぶ高価になる。

電線が来ていない場合は、最寄りの電力会社に工事をしてもらわねばならない。

その土地に水道がすでに引かれている場合はいいが、なければ公共水道を引いてもらうことになる。田舎の場合は簡易水道といって、近くの水源から取水し、配管をめぐらせて各家庭で使用することが多い。その工事費や加入金、水道料金などもしっかり調べておかねばならない。

あるいは井戸を掘る。

塩素などの殺菌剤が入った水道水と違って、天然水はたしかに美味しいし、ミネラルもたっぷりと含まれている。しかし井戸掘りの費用はあまりにも高い。二十年前は一メートルにつき一万円といわれていたが、今はもっと高額だろう。田舎に土地を買うと、五十から百メートルの深井戸を掘らないと水脈に当たらないことが多い。

さらに井戸の水中ポンプや配管などの設備費も莫迦にならない。

我が家は共同井戸だ。数年前に水中ポンプと地上ユニットを交換したが、なんと百二十万円もかかった。さいわい数軒で使っていたから、みんなでお金を出し合えたが、個人ですべて負担するとたいへんだ。

また井戸掘りは地主が自由にやっていいということではなく、たいていの場合、地方自治体の許可が必要となる。近所に既存の井戸がある場合、そこに影響を及ぼさないなどの配慮も必要となる。

何よりも、地下水脈を確実に当てるという手段がないため、「ここなら水が出るだろう」という憶測のもとで掘り進める。

最悪の場合、百メートル以上掘っても水が出なかったという悲劇が起こる。

井戸掘りはギャンブルのようなものだと覚悟をしなければならないということだ。

家の話

ログハウスのオーナーになりたいと思っていた。

昔から、その手の雑誌を読んだり、情報を集めたりしていた。

ツーバイフォーや在来軸組工法の建築物と違い、重厚な丸太を組んで作られた家は、やはり独特の存在感がある。何よりもかっこいい。

ログハウスは地震に強い。布基礎とログは頑丈なアンカーボルトで結合され、組み上げられたログ同士は鋼鉄のボルトやダボと呼ばれる木栓で緊結されている。さらに丸太組工法の特徴である四角のノッチ——すなわち左右の指同士を組むようにログが交互に連結されているため、縦揺れにも横揺れにもビクともしない。

阪神・淡路大震災や新潟県中越地震、そして東日本大震災においても、ログハウスにかぎっては倒壊事例がないという。津波の直撃を受けながらも、そのまま建ち残っていたログハウスもあったほどだ。

さらに意外なことに火災に強い。

丸太を組んだ家だから火が点《つ》きやすいというイメージがある（おかげでいまだに建築基準法によるいくつかの規制に引っかかっている）が、実のところ、ログは厚みがある木材ゆえに表面が燃えても炭化膜ができて空気を遮断し、火災の熱が芯まで届きにくい。すなわち表面が焼け焦げても、中身は無事ということになる。

何よりもログハウスは暖かい。

丸太の壁で囲まれた空間は外気の冷えを遮断し、屋内の温度を保つのである。また木という素材は、ある程度の湿度調節ができるという特徴もある。

都内にあったいくつかのログハウスメーカーを訪問した。

「今ならこういうことでお得ですよ」と、各社からキャンペーンを持ち出されたりしたが、こちらの希望や好みもあって、なかなか折り合いがつかない。

最終的にSという会社に絞ったのは、ユニークな社長の人柄ゆえだったかもしれない。いろんな設計のキットモデルがあったが、予算に合って、しかも住みやすそうなタイプを選び、自分が購入した土地（東向きの緩傾斜地）などに合わせてあちこちの設計を変えてもらうことにする。

材はカナダ産のサザンイエローパイン。はっきり浮き出した木目が特徴だ。ひと頃流行ったウエスタン・レッドシダーはたしかにかっこいいが、色が濃いため室内が暗くなるし、やっぱり高価だからやめた。材を貼り合わせたラミネートログという選択肢もあったが、接着剤など自然にないものを使っているということで断った。

ログハウスにはハンドカットとマシンカットの二種類がある。

前者は文字通りログビルダーが丸太のピーリング（皮剥）から始めて、徹頭徹尾、手作業で家を建てていく。材の不均一や歪みなどが、むしろその家の独自の味わいとなって美しく仕上げられる。まさに丸太小屋のイメージがこれだ。

一方で後者はログ材を機械で切り出す。すべてのログ材を機械で生産するために安価になるが、あまりに均一すぎて特徴的でないという欠点になる。

ログの断面は丸、四角、D型などがある。丸形だと内側の壁の凹凸があって家具などを置きにくい。四角はなんだか味気ない。

そんなわけで、外からは丸く見え、内側はフラットなD型ログに決めた。

それらのキット材はカナダが原産で、アメリカのカンザス州にあるログメーカー本社に運ばれて一度、仮に組み立てられてから、また分解され、船に積まれて日本に輸送されてくるそうだ。

同じ市内に、雑誌〈ＢＥ‐ＰＡＬ〉などで有名なシェルパ斉藤さんというアウトドアライターが住んでいる。のちにあることがきっかけで彼とは知り合いとなったが、私に先立つこと四年前に、斉藤さんは仲間たちとともにログハウスを建築した。そのときのことを記録し、彼が執筆したムック本を何度も読み返した。

セルフビルド、すなわち基礎だけを職人に打ってもらい、ログ材などを買って個人で家を作る。当然、ログビルダーに建ててもらうよりも安価となるし、何よりも自分が暮らす家を自分で作るということにロマンを感じていた。それだけ愛着も湧くだろう。

ところが当時は多忙すぎて、執筆仕事に追われる日々だった。

九八年の四月から、私はすでに都内を離れて八ヶ岳南麓に仮住まいをしていた。そこから足繁く現場に通っては時間をかけ、コツコツ作り上げるということもできただろうが、老母の家の売却が決まっていて、一刻も早く移住を実行しなければならなかった。

そのため、ログハウスメーカーにログビルダーを紹介してもらい、建築をお願いした。

やがて老母も仮住まいのほうへ引っ越してきた。のちに結婚する女性は都内にいたが、ちょくちょくこちらに通ってきていたし、ようやく仮の田舎暮らしがスタートした。

今にして思えば、その頃がいちばんのんびりしていたに違いない。

地鎮祭を行い、基礎工事が始まった。

それからまもなく、最初のトラブルが起こった。

アメリカ大陸を襲ったハリケーンのため、ログのキット材を運ぶ船が欠航し、日本への輸送が二週間遅延。さらにもろもろの影響で、その年の十月に竣工と引き渡しとなるはずの予定が、なんと翌年になってしまうという。

借家の契約は半年。新居ができる前にそれが切れてしまう。大家に事情を話し、賃貸の延長を願い出たのだが、相手は頑として首を横に振る。「契約は契約だからきっちり出て行ってもらいます」と冷たくいわれ、途方に暮れていたとき、たまたま世話になっていた当時の区長さんが「うちの離れが空いてるから貸すよ」といってくださり、契約書もなしに小さな別宅に私と老母を住まわせてくれたのだった。

その区長さんは造園が仕事で、のちに我が家の庭造りでもいろいろとお世話になった。

翌年、九九年の二月にログハウスが完成し、本格的な田舎暮らしがそこから始まったのだった。

土地を買うのと同様、家を建築するには大金が必要となる。

その資金がない場合、中古住宅を購入すれば少しは安くすむ。ただし、すでに他人が住んでいた家だから、多少の傷みは仕方ないとして、暮らし始めてみれば、あれこれと不具合が見つかることが多かったりする。

さらに予算を切り詰めたければ、家や部屋を借りることだ。

借家の良さは、いつでも引っ越せるということに尽きる。だから本格的な移住前の仮住まいに使うことも有効だろう。

ひと頃流行したように、古民家を借りて暮らしてみるのもいい。

むろん中古物件としての古民家もおもしろそうだ。

借家は毎月の家賃という負担があるし、いつまで払い続けても、その物件は自分のものにならず、あくまでも他人からの借り物だという事実は変わらない。集合住宅ならば、隣人や上下の部屋の生活音などが気になることもあろう。また、本人が気をつけていても、他人の部屋が火元になって火災が発生するということもある。

家や部屋の改造は基本的にできない。くみ取り式トイレがいやだから水洗式にしたいといってもダメだったりする。またペット禁止だったりと、いろいろな条件がつく。だったらローンを組んででも、中古の家屋を買うほうがいいという人も多い。

中古物件を買う場合、たいていは不動産業者が仲介に入る。速断は禁物である。いろいろな物件を繰り返し見て、周囲の環境などを調べ、雨漏りや立て付けの不具合はないか。日当たり、風当たりなどをちゃんとチェックすることだ。

借家や賃貸住宅の場合は不動産業者や空き家バンクのように市町村の担当からの紹介を利用するのもいい。いちばん理想なのは現地に暮らしている知人からの紹介だが、そういうチャンスはなかなかまれだ。

家を新築する場合、まずは建築会社の選定から始まる。

土地の下見を繰り返すように、いろいろな会社を訪問し、その会社が作った物件を見て回ることだ。実際に住んでいる人にもいろいろと話を聞く。

建築会社を決めたら、自分が住む家の間取りや設計を考える。

ツーバイフォーや在来軸組工法などのような一般的な家屋にするか、あるいは丸太組工法であるログハウスや、その発展型であるポスト・アンド・ビーム、ティンバーフレーム工法といった建築もある。

また、壁を石材やレンガで作る南欧や北欧スタイルの家屋は美しく、ガーデニングもやりがいがあるだろうが、さぞかしお金がかかることだろう。あらかじめ作っておいた部材を、現場で組み立てるプレハブ工法なんていうものもあるようだ。

簡単なイラストが描けたら、建築会社の設計士とのやりとりがスムーズになる。平屋か二階建てか。玄関はどっち向きで、メインの居間はどの方向にあるか。部屋はどれだけ必要か。家族構成や地所の環境などによって、いろいろと考えねばならない。

また家や建築に関する知識を自分で勉強し、業者の言葉を鵜《う》呑《の》みにしないようにすることも大事だ。

いい土地との出会いが理想的だが、家を建ててくれる建築会社や建築士らとも素晴らしい出会いでありたいと思う。

ちなみに我が家と契約したＳというログメーカーは数年前に会社をたたんだが、社長とは今でも知り合いだし、家を建ててくれたログビルダーはいっしょに焚火をする仲で、竣工から二十年も経過しているのに、去年も雨漏りの修繕などに尽力してくれた。

人との出会いは大切である。

スローライフは幻

本章の最後にひとつ、大きなテーマを持ち出したい。

——田舎暮らしにスローライフなんて存在しない！

ここで二十年生きてきて、実感し、この先もずっと変わらぬ生活のテーマである。

田舎でのんびり暮らす。

定年退職のあとは地方でスローライフ。

そんなまやかしのスローガンに踊らされてはいけない。

田舎暮らしはとにかく多忙だ。朝から晩まで汗水流して働きづめである。

夏草の刈り払いもそうだが、冬に雪が降れば雪かき。

庭の手入れ、薪作り、家庭菜園や農地での水まき、草むしり、肥料のすき込み、収穫。鉢植えに水をやったり、ペットの世話をしたり。

他にもいろいろトラブルが舞い込んできたり、まあ、そのさまざまなトラブルについてはあとで述べるが、とにかく気休めになる時間がない。余裕がない。

あっという間に日が暮れる。一日って、こんなに短かったっけ？

ここに移住してきて、こんなはずじゃなかったと思う、大きな理由のひとつだ。

子供が学校に通えば、ＰＴＡの会合があり、役員になったり（これは都会も同じだが）、通学路の掃除や校庭の草刈りにかり出されたり。運動会の準備や後片付けをしたり。安全パトロールで通学路を歩いたりもする。

少なくとも、自分の周辺でスローライフを謳歌《おうか》している家はほとんどない。

みなさん、本当にそれぞれのライフスタイルの中で忙しそうだ。

例外的に、お金に余裕があって、生活に必要なことをなんでもかんでも業者や職人などにやらせて、自分たちは昼間からくつろいで酒を飲んだり、ろくに外にも出ずにテレビを観てたりする人たちがいたが、そういう生活の在り方はけっしてスローライフとはいわないと思う。

第二章　ログハウス

この章では、地方に土地を購入し、そこに家を建築し、生活するという話に触れる。とりわけ私の家はログハウスだから、そこに特化した話をさせていただく。

そのため、借家あるいは賃貸の集合住宅にお住まいの計画をお持ちの読者は、本章を飛ばしてもかまわない。しかし知識としてたくわえておけば、いずれ将来、何らかの役に立てるエピソードも盛りだくさんにあるはずなので、ぜひご一読をお勧めする。

もちろん中古物件を購入予定の方にも、ぜひともお読みいただきたいところだ。

昨今、避けて通れない話題が、いわゆるウッドショック——すなわち建築用木材の価格高騰である。

コロナ禍以来、世界的な木材の不足が始まって、とりわけ我が国に関しては輸入材が激しく値上がったり、入ってこなくなったりした。震源地といわれるのはアメリカで、さらに中国にも飛び火したらしい。

いずれも病禍から逃れたり、テレワークなどのために郊外に家を建てる人が増えたためのようだが、建築材のみならず、物流のコンテナが不足し、海運の需要逼迫《ひっぱく》のせいで輸出入すらも困難となった。そのため国内では建築の工期が遅れたり、コストアップなどがあちこちで発生するという深刻な事態となっている。

我が国は木材の自給率が四割弱といわれ、残る六割強は輸入材に頼っている。そんな中、ウッドショックが始まったわけだ。

だったら国産材に切り替えたらいいという話もあるが、実際はそう簡単な問題でもないらしい。日本に輸入材が多く入ってくるようになったのは、強度的にそれが建築に向いているということが主な理由である。それを国産材で補おうとすれば、設計段階からの変更を余儀なくされ、コスト的にかえって高くつく。

また、現状として林業の衰退などで国産材の供給体制が整っていないため、外材の代用品としてすぐに切り替えるということが難しい。

さらにウッドショックがいつまで続くか予想ができないため、業者が思い切って国産材への切り替えに踏み切れないという事情もある。

そんな中でログハウス——といわれそうだが、私自身、このウッドショックはあくまでも一時的な現象であり、そう遠からずに終わると思っている。

この先、コロナ禍が収束せず、その余波を受けて、どれほど海外で新築ブームが続いたとしても、アメリカやカナダ、北欧など、外材の生産地の森が伐《き》り尽くされ、消滅することはないからだ。

外材の値上がりや運送の混乱も、次第に落ち着いていくはずである。

ログハウスでの生活

かつてログハウス関係の雑誌がいくつかあった。

いずれもきれいな写真がカラーページを飾り、薪ストーブのある吹き抜けの居間で、家族やペットがくつろいだり、庭先で楽しそうに薪割りをしたり、家庭菜園、ＤＩＹなどといった、いかにもスローライフな暮らしぶりを見せつけられたものだ。

しかし、前述したように田舎暮らしにおけるスローライフなんて幻にすぎない。

我が家

雑誌のきれいな写真の中で幸せそうにくつろいでいる家族。それは雑誌の取材のときにとらされたポーズだと思う。

そんな雑誌も近年、次々と廃刊になり、なくなった出版社もある。

今や情報は雑誌からネットに代わって、ユーザーが自由に取捨選択をする時代となっている。紙媒体である雑誌の役目は、もしかするとすでに終わったのかもしれない。

実をいうと、我が家を建てて以来、ログハウス雑誌の取材が複数回あった。

子供たちが小さな頃から、ある程度大きくなる年齢まで何度も写真で載り、ちょっとした家族のバイオグラフィとなって、今もたまにページをめくることがある。

我が家はとくにこれといって特徴のない平凡なキットモデル建築なのだけど、いったい何がよくて、取材が頻繁に訪れたのか判然としない。

それにつけても雑誌の取材担当記者やカメラマンがすごいなと思ったのは、日頃から雑貨があふれて生活感出まくりの我が家を、ちょこちょこと片付けただけで見事なまでにログハウス雑誌らしいスタイリッシュな写真にしてしまう。おそらく取材を受けた他の家だって、うちのそんな状況と似たようなものなのだろうと納得した。

ログハウスでの生活はそれほど絵になるということだろう。

シナリオライターをやっている友人が短編映画を撮影したときは、舞台のひとつに選んで我が家にロケに来てくれた（何かの研究所という設定で、まだ小さかった子供たちも出演した）。またあるとき、たまたま通りかかった観光客が我が家にカメラを向けたときはびっくりした。我が家を訪問した客がだしぬけに「ここってペンションですか？」と興奮の声を上げたこともある。

畳や炬燵《こたつ》といったいかにも日本的な日常とは真逆のスタイルがログハウスだ。

あえていうならばバタ臭さが売りというべきか。もともとが欧米の建築様式だから、それはそれで仕方ない。

そんなわけで、二十年以上もログハウスでの生活をしていたが、いろいろなことに気づかされ、さまざまな経験があった。もちろん、どんなものにだって善し悪しはある。ログハウスもそうだ。

ログハウスの長所は前章に書いた通り、頑丈で耐久性があり、地震に強く、意外なことに耐火能力も高い。冬は暖かく、調湿機能があり、四季を通して快適に過ごせる点では、在来建築以上の価値があるかもしれない。

それに子供が小さなときに、マジックなどでログ壁に悪戯《いたずら》描きをしているが、なぜかあまり気にならない。ひび割れや歪みも当然あるし、あくまでも不均一であるということが売りの建築だからだろう。

先日、居間と洗面所を隔てる間仕切りの木製ドアが突如として崩壊し、びっくりした。

少し前から戸締まりが悪くなっていたのには気づいていたのだが、ドアそのものが分解してしまったのである。

そんなとき、ふつうなら業者に修理を依頼するのだろうが、あくまでも自分で直す主義だ。

ＤＩＹならお手の物である。

蝶番《ちょうつがい》のビスを外してドアを取り去り、割れた部分を強引に叩き込んで、ドリルで孔《あな》を開け、長いビスを打ち込んで修理完了。ドアの縁には大きな孔がふたつ開きっぱなし。本当はそこに木の杭を打って釘隠しの処理をするべきだろうが、なぜか穴あきドアでも気にならない。

そんなラフなところが、ログハウスの長所なのだと勝手に思っている。

セトリングについて

ログハウス最大のウイークポイント。それはセトリングだ。

“Settle”という英語は「落ち着く」という意味。建築でいえば丸太が収縮することだ。

ログ材は経年で水分を放出し、乾燥すればするだけ縮んでいく。丸太そのものの重さも影響する。直径が少しずつ小さくなり、長さもまた短くなっていく。それが五、六年は続き、家屋のログ壁全体で最大十センチ程度沈むのである。

そのため、ログハウスにはセトリング対応のツールがある。

何年か住んでいて、明らかにログが沈んでいるのに気づいたら、軒下などに入ってボルトを締め付ける。

左右の隙間にはコーキング材を塗り込んでいく。

そうしてログハウスのオーナーはセトリングという現象に対処する。だからログ建築では、セトリングを予想し、わずかな空間の余裕を作って設計がなされている。

私の大きな失敗は、「ログ材を強制乾燥させることによって、含有する水分を規定値まで飛ばすからセトリングはない」といったメーカー社長の言葉を信じてしまったことにある。

そのため、我が家にはログ壁を締め付けるボルトが存在しない。

ところが、どんなに人工的に乾燥を施しても、ログはやはりセトリングするのである。

竣工してすぐに薪ストーブを焚き始めたことも良くなかった。本来、ログハウスはある程度、セトリングが進んでから、薪ストーブを使用するのが理想だという。

そんなわけで、我が家のセトリングは薪ストーブを置いた居間を中心にまず発生した。ストーブの近くに縦に太い柱があったのも敗因だった。柱は縦には縮みにくい。だから、その柱を軸として周辺のログが沈んでいく。大げさにいえば、サーカスのテントをイメージしていただければいい。

結果、外壁、内壁の双方にかなり大きな隙間ができてしまった。

ログメーカーの社長は非を認め、頭を掻いて謝っていたが後の祭りだ。けっきょく、大量のコーキング材を送ってもらい、隙間に注入することで対処するしかなかった。

ところが奇妙なことに、ログの外壁にどれほど隙間ができても、なぜか冬場の寒さをほとんど感じなかった。風が強い日は室内の空気が動くのがわかる。空気がログ壁にぶつかると、わずかな隙間から入ってくるからだ。それでも暖かいのはやはりログハウスならではの強みだろう。

ただし、外壁の隙間から虫が入ってくるのには悩まされた。

とくにカメムシである。

かれらは狭い隙間にもぐり込んで越冬する習性がある。寒い季節になると、ログ壁の隙間に入り込む。そのまま這い進んで屋内に出てくる。すると中が暖かいものだからたちまち元気になって活動を開始する。昼間は窓に張り付き、夜は電灯を中心にぶんぶん飛び回り、下手に触ろうものなら、例のいやな臭いの体液を発射する。

一度、家の周囲に単管で足場を組んでもらい、自分で外壁塗装をしたのだが、そのときは外から全面コーキングを施した。あらゆるログの隙間、継ぎ目に徹底的にコーキング材を注入していったのだ。

それで直接、カメムシが壁から侵入することはほぼなくなったが、今でも薪についてきたり、洗濯物を取り込むときにいっしょに屋内に入れてしまうことがある。

定期的な塗装が必要

話の続きになるが、ログハウスは数年に一度、防腐剤の入った塗料をログの外壁全体に塗る必要がある。

文字通り丸太――すなわち木材そのものが積まれて壁になっているため、雨風にさらされ、太陽の紫外線を受け続けるうちに、少しずつ腐食していく。せっかくの色もどんどんあせていく。

それを防ぐためにステンプルーフなどの防腐剤入りの塗料を塗る。

建築当時、業者に塗装作業のすべてをまかせると五十万～七十万円ぐらいかかるといわれたが、今はもっとかかるだろう。

だから、足場だけを組んでもらい、自分で登って塗料を塗る。一度だけでなく、二度塗り、三度塗りが当たり前。何日もかけて、その作業をすることになる。

自分でやるといっても、一軒ぶんを三度塗りすれば、塗料だけで数万円以上。足場も一カ月のレンタルでおよそ二十万円程度かかる。

また高所作業だから危険だし、マスクをしても揮発性の臭いがすさまじく、頭がくらくらする。自分の頭よりも高い壁を塗れば、垂れてきた塗料が肘から脇下まで染みてしまう。

ログ壁をいくらコーキングしても、やはり塗料の臭いは屋内まで届き、二、三日は独特の揮発性の臭いの中で暮らさなければならない。

できれば窓や掃き出しを開放することのない真冬に外壁塗装をしたほうがいいだろう。それでも臭いは屋内に入ってくるのだが。

犬や猫などのペットを飼っている場合、デッキやポーチの塗装はできるかぎり自然素材を使った塗料を塗布する。そのぶんかなり高額になるが、こればかりは仕方ない。

雨や雪、直射日光が当たるデッキの木材は、ＣＣＡ材など防腐剤を混入した板を使うことが多いため、せめて塗料ぐらいは自然に優しく、生き物にも優しいものを選びたい。

ちなみに防腐剤混入材は燃やすと有毒ガスを発生するため、処分するときは市町村の指定する方法に準拠することだ。

音が筒抜け

ログハウスは分厚い丸太の外壁に囲まれた家だが、内部の間仕切り壁は薄っぺらな板だけという場合が多い。それは床材も同じで、たとえ二重構造になっていても、物音がダダ洩れになってしまう。

たとえば二階で音楽を流せば、その音が下の部屋にまともに聞こえてしまうのである。もちろん水を流す音もよく聞こえる。できればトイレなどの排水管はむき出しにせず、寝室などから遠ざけて作るほうがいいだろう。

飲み物などをうかつにこぼしてしまうと、床板の隙間からダイレクトに下の部屋に流れていく。それで押し入れの布団に染みを作ってしまったことが何度かある。ただし、単純な構造のおかげで乾くのも早い。

本来ならば、防音材を挟み込んだ多重構造にして床材を敷き、あるいは間仕切り壁を作る必要があるが、かなり高額になることを覚悟しなければならない。

逆に音が抜けるということで便利な点もある。

食事時に二階部屋の子供を呼ぶときに、いちいち部屋に行かなくても、下から天井越しに声をかけてやればいい。

部屋が少ない

かつて我が国において、ログハウスはロフト形式の吹き抜け構造にしなければ建築が許可されなかった。そのため、一階も二階も居室が極端に少なく、吹き抜けになったリビングと二階部分のロフトが生活の中心となる。

二階に居室を作るためには、ドーマー形式にする必要がある。

つまりロフトに窓を作り、屋根から水平に張り出す空間をこしらえてやり、そこを無理やり居室にする構造である。

大きさや形によって、ドーマーは三種類ある。シェッドドーマーは壁を左右に立ち上げているため、ひとつの部屋として使える。ピークドーマーは三角屋根が突き出しているだけのため、窓としての機能しかない。ゲーブルドーマーはそれらの中間的存在で、小さな部屋ができる。

しかしドーマーはあくまでも〝窓〟なのである。だから、一般にいう部屋ほどの居住性はないと思ったほうがいい。

そんなわけで、二階に作れる居室は多くてふたつ。よほど大型か、特殊な構造のログハウスでなければ、三つ以上の二階部屋を作ることはできなかった。

二〇〇二年に建築基準法が変わり、ログ壁が高さ四メートルまで許可され、メーカーが認定を受ければ総二階建てのログハウスの建築が可能になったため、今はだいぶ状況が変わってきたと思う。ただし、総二階建てのログハウスはかなりコスト的に割高になり、今でもめったに見かけることはない。

部屋が少ないということは、クローゼットなどの収納も少ないことになる。ログ壁に無理やり納戸を作ることもできるだろうが、かなりみっともない光景になるし、だいいち収納スペースはそれぞれの部屋にあるのがいちばん望ましい。だものだから、我が家は仕方なくあちこちに棚を作って、そこに生活用品をストックしている。

窓の話が出たついでに書くが、外国製のログハウスの多くが上げ下げ窓だ。それが欧米のスタンダードだからである。下の窓のみが動くタイプを片上げ下げ窓（シングルハング）、上下の窓が可動するものを両上げ下げ窓（ダブルハング）という。

引き違い窓のように戸車がないぶん、気密性が高く、防音も優れている。しかし上げ下げの操作がけっこうたいへんで、とくに押し上げるときにはかなりの力が必要。そのぶん、防犯性が高いともいえるが。また、ダブルハングのタイプだと、網戸がはめ込み式、あるいははめ殺しにもなってしまうという不便さもある。

暖気の循環が難しい

熱が上へ上へと昇っていくことはよく知られている。

したがって家屋の暖房を考えるとき、ログハウスのような吹き抜け構造はそもそも暖房効率が悪いということになる。

暖房によって暖めた空気がそのままダイレクトに吹き抜けの天井に向かって上昇する。その結果、二階はＴシャツ一枚になるほど暑くなり、一階はフリースを着込まねばならないほど寒くなる。

もちろんそのためにシーリングファン（天井扇）があるわけだが、いくら高速で回しても暖気の上昇を一階まで戻すには追いつかない。くわえてサーキュレーターのような強力な送風装置で強引に暖気を下に流す——なんてことをやっていると、冬場の電気代がどんどん高くなる。

薪ストーブだし、薪は無料で手に入るといっても、空気を循環させる装置自体も暖房費に含まれると考えれば、結果的に高くつくというわけだ。

解決策としては、薪ストーブの位置を一階の吹き抜け部分にせず、二階の天井がある場所にする。そうすることによって、薪ストーブの暖気がまず一階の空間を温め、しかるのちに吹き抜けから上昇して二階を暖めるという循環になる。

しかしそれとて一階と二階の温度差はどうしても生じてしまう。

だったら総二階建てにすれば、その問題が解決するかといえば、そうでもない。

暖気を一階フロアだけに閉じ込めると二階が寒くなるのは自明の理。では、どうするかといえば、たとえば薪ストーブの煙突を二階の空間に貫通させ、煙突そのものを暖房にするという手だ。

煙突だけでそんなに暖かいの？　という疑問もあるかもしれないが、薪ストーブはその輻《ふく》射熱《しゃねつ》の効果で家そのものが温まるから、煙突だけでも充分なのだ。しかも一階の暖気は階段などから自然と上昇するため、時間はかかるが二階も快適な室温となるはずだ。

どうしても吹き抜け構造のリビングに薪ストーブを置きたい場合、一階を暖めるために床暖房を併用することをお勧めする。これについては次で——。

屋根がなくても床暖房

家を建てる前から、床暖房は絶対に欲しいと思っていた。

子供の頃、冬の暖房といえばもちろん石油ストーブだけで、とくに朝など、ひんやりと足の裏が冷たい板張りに立って、ストーブの前にかじりついていた記憶がある。だから床そのものが暖かくなれば、そんなつらい試練から解放されるのではないか。

屋根がなくても床暖房――移住前、そんな冗談をよくいっていたのを思い出す。

いざ家を建ててみると、これが大正解だとわかった。

床暖房は本当に快適だ。少々の寒さなら、他の暖房器具がなくてもいいぐらい。

我が家のペットである犬もそれをよくわかっていて、暖かなフローリングの床に横たわって気持ちよさそうに日がな一日寝入っている。

床暖房は大まかに分けて二種類ある。電気ヒーター式と温水循環式だ。

電気ヒーター式は床材の直下に発熱体や蓄熱体を敷いて、そこに通電させる。

蓄熱式なら、電気代が安い夜間料金の間に蓄熱体を暖めておけばコスト的に得だ。ただし、工事費用がかかってかなりの初期投資を覚悟しなければならない。単純な電線を使うヒーター式は工事費は安価だが、電気で直接、電線を暖めるわけだから電気ストーブ同様にランニングコストがかかる。だから永住よりも別荘向きといえる。

温水循環式は不凍液などを屋外の燃焼器で暖め、床下にめぐらせた配管で循環させるというもの。燃料はガス、灯油、電気もある。朝鮮半島の家屋にあるオンドルは、竈《かまど》で火を焚いて、熱い煙を床下に循環させるという仕組みだが、それを温水で行っているというわけだ。

ただし、灯油は逐一、タンクに補充しにきてもらわないといけないし、ガスはメーカーが定期的にガスボンベを交換に来るわけだが。

最近ではヒートポンプ式が主流になりつつあるらしい。これはエアコンと同じ原理で室外機が外気から暖気を取り、水を温めて床下に循環させるというシステム。だから環境に優しく、ランニングコストも安いらしい。

ＯＭソーラーという選択肢もある。パッシブソーラーともいい、太陽光のエネルギーを有効利用した、もっともエコな暖房だろう。

屋根に取り付けた集熱パネルで太陽の熱を取り込み、その暖かい空気をファンでダクトを通して床下に送り込んで基礎コンクリートに蓄熱する。夕方以降、気温が下がってくると同時に、床下のコンクリートが熱を放出、床全体を暖かくしてくれるのだ。

新鮮な空気を常に屋内に取り込むために、同時に換気ができるという利点もある。またこの暖かい空気でお湯を作ることができ、風呂やシャワーにも使える。さらに屋根に太陽光発電パネルを設置すれば一挙両得。日照条件が良ければ電力会社から電気を買わず、逆に売電ができるだろう。

いっさい電力会社から電気を買わない、すなわちオフグリッドな生活も夢ではないかもしれない。

床暖房とは無関係だが、いわゆる太陽熱温水器を屋根に設置するだけで、手軽に温水が作れるため、ガスや電気の費用が得になる。値段もそう高くないのでお勧めである。

ちなみに我が家の床暖房は灯油を使った不凍液の循環式だ。

もともとメインの温水は灯油だったが、三・一一の地震のときに室外給湯器の熱交換器が破損してしまった。給湯器をまるごと取り替えると莫大な費用がかかるため、エコジョーズというプロパンガス方式に切り替えた。そういうわけで、我が家で灯油は床暖房だけに使用するようになった。

冬場、床暖房のスイッチを入れない日はないぐらい。

屋根がなくても床暖房――は、大げさすぎるジョークだが、しかしそれぐらい価値があるものだということは断言しておきたい。

デッキを広く作ろう

ログハウスに欠かせないものといえば、やはりウッドデッキだ。

このデッキという言葉。ベランダやバルコニー、あるいはテラスなどと混同しがちなのだ

広いデッキで執筆

が、基本的に一階の床の延長が外にあって、ある程度の広さがあればデッキと呼んでいいと思う。もともとが船の甲板から来ている言葉だから、そのイメージで。

屋根がかかっていてもいなくてもいい。

我が家はキッチンの勝手口からデッキに出るようになっていたが、いかんせん狭すぎた。それで後年、そのデッキの拡張工事を行った。東向きで風景が良く、居心地のいい空間だったから、狭いままだともったいないと思い、元の倍以上の広さにしてもらった。

ついでに勝手口だけでなく、玄関ポーチからのアクセスもできるようにした。

このデッキに大きなテーブルを出し、昼食をよく食べたものだ。

気持ちのいい春先など、仕事場である書斎からデッキにパソコンを出して、ウグイスの声を聞きながら執筆したりする。

犬を広いデッキで放し飼いにすることを思いつき、前後の入り口に頑丈な扉を作り、防腐剤混入材だったデッキ板の上から無垢のレッドシダーの薄い板を打ち付けた。さらに広い空間となったデッキの下には、余ったログ材や化粧板などを使って薪小屋を自作した。ひと冬ぶん以上の薪を、そこにたくわえられるようになった。

デッキの下の薪小屋

多くの来客は屋内よりもデッキのほうが居心地がいいという。

開放感があり、太陽の下、気持ちよく風に吹かれ、自然に直に触れることができる場所だからだろう。デッキで過ごしていると、庭を飛ぶ蝶や木々の枝にとまる鳥が見えたり、ときには木立にシカがたたずんでいたりすることがある。

バーベキューグリルを囲んで家族や客たちと飲み食いするなんて最高な贅沢だ。

デッキでくつろぐだけで、心が豊かになる気がする。

ただし日光にさらされ、雨が降るとデッキの板が腐りやすい。そのため、軒を大きく張り出すことである程度は防げるが、そうなると今度はせっかく広い空が狭くなってしまう。空が広くて開放感のあるデッキにするか、雨仕舞いをして長持ちするデッキにするか。それは施主の気持ちしだい。

デッキ板を腐らせないためには、定期的に塗装をすればいい。家の外壁と違って足場をかける必要がないから、家族総出でやれる。

やっぱり屋根は重要

昔の子供たちにとって、家の屋根は遊び場のひとつだった。

暇さえあれば器用に登って、景色を眺めたり、寝転がってみたり。いまどきそんな子供たちはいなくなってしまったようだ。我が家の息子も、ついぞ一度も屋根なんかに登らないまま成長してしまった。

危ない遊びは心配だが、やはり親として、なんだかちょっと寂しい気がする。

屋根材は一般に瓦やスレート、トタンなどの金属屋根材がある。

うちの屋根はアスファルトシングルである。

これはガラス繊維の基材にアスファルトを塗り、表面に細かな石粒を吹き付けて接着してある屋根材だ。一枚のシートは軽く、防水性があり、金属のように錆びたり、瓦のように割れたりせず、軽量で地震などにも強い。

我が家の屋根は二重形状の構造になっていて、中央の頂点である棟から左右に五寸勾配で流れ、途中から三寸勾配の緩やかな傾斜となる。しかし設計を変更して五寸勾配の部分の両側にドーマーの張り出しを大きく広く取ったため、棟の左右の高い場所にも三寸勾配の屋根が大きく面積を占めることになってしまった。

それがのちのトラブルの原因となった。

アスファルトシングルの欠点は、経年劣化によって雨漏りの原因となることだ。そのため、本来ならば五寸勾配以上の急傾斜の屋根に使用するべき材である。角度が緩やかな三寸勾配だと、雨がとどまりやすく、毛細管現象によって内部に浸透する可能性がある。

そこに来て我が家には薪ストーブの煙突があり、のみならず天窓を二カ所も設置してしまった。

天窓は前々から憧れていたし、空を流れる雲が屋内から見えたり、夜は寝ながら星々を見上げることができる。その一方で、屋根に四角く開口部を作るというのは、それ自体が建物の弱点となってしまう。

もちろん天窓自体はちゃんとしたメーカー製のものならば防水処置がしっかりできているはずだが、やはり経年劣化ということで、次第にそこがウイークポイントになってゆくのである。

ログハウスはもともと妻壁が雨漏りに弱いというセオリーがある。

積み上げたログは、実は基本的に一階部分しかない。二階に相当する妻壁上部、トラスと呼ばれる三角フレームの部分が漆喰《しっくい》や珪藻土《けいそうど》などの塗り壁ならともかく、ログ風の化粧板が貼り付けてある場合、そこに横殴りの雨が当たると浸水してくる。

我が家もその経験は何度かあった。

ところが、あるときから妻壁ではなく、二階の煙突をはめ込んだ場所や天窓付近からポタポタと雨漏りが始まった。

緩傾斜である三寸勾配のいいところは、屋根に登りやすいということだ。ふだんから煙突掃除などでデッキから脚立を立てかけて登っているが、雨漏りの場合も屋根に登り、それらしい場所に見当をつけて、コーキング材を塗り込んでいく作業となる。

ログハウスなどの近代建築には、換気システムが欠かせない。

妻換気あるいは棟換気である。

妻換気は文字通り前後の妻壁に換気口が開けられている。棟換気は軒の裏側（軒天）に沿って換気口が並び、そこから取り込まれた空気が日光で熱せられた屋根材の下を通り、棟の換気口から出て行くようになっている。屋根裏に空気を取り込んで通すことで、すなわち二階の室内に屋根からの熱気がこもるのを防ぐのである。

我が国において建築法で棟換気の設置義務はない。

よく都会で見られるアパートのロフトはいわゆる屋根裏部屋だが、夏場は暑くてとてもそこにいられない。それは棟換気がないからだ。

うちのログハウスは、その棟換気が弱点となった。棟に並ぶ換気口から雨水が浸入してくるようになったのだ。

だから、その部分をしっかりとコーキング材で雨仕舞いをした。

これできっと大丈夫と思って次の雨を待つ。

たしかに吹き抜けの煙突回りからの浸水はなくなった。しかし、まだ天窓をはめ込んだ天井からポタポタポタと落ちてくる。

こうなるともう雨漏りとの格闘、イタチゴッコみたいなものである。

水というのはとかく狭い場所に入ろうとする性質がある。まさに毛細管現象。あっちを塞げば、こっちから入る。是が非でも屋内に浸入しようとする。

けっきょく素人の手には負えないと判断、屋根屋さんに来てもらって、あれこれ対処していただいたのだが、雨漏りはいっこうに収まらない。手を替え、場所を替えしても雨水が浸透してくる。

まるで水が生きていて、意思があるようにも思えてくる。

とうとう屋根屋さんもお手上げとなり、対症療法をやめて、雨漏りする側の屋根の大半をトタン屋根材で覆うことになった。お金もかかったが仕方ない。

トタンはその発展型であるガルバリウムと並んで、金属屋根材として普及し、耐久性があり、信頼されている。ただ、屋根を叩く雨音がバタバタと下品になってしまう欠点はあるが——。

防水性という点に関しては最強の素材である。

そんなわけで、我が家はアスファルトシングルとトタン屋根のハイブリッドとなった。

ところが——。

次の大雨のときにまた雨漏りが始まったのである。

ここまで来るともう雨そのものに悪意があるとしか思えない。

最後の最後にこのログハウスの建築を担当してもらったログビルダー氏が、自ら進んで駆けつけてくれた。「なんとしても雨漏りを退治しましょう！」と心強い宣言。

ここが怪しいという箇所に防水処理をした。

次の雨でたいへんなことが起こった。今まで雨漏りしていた天井の場所ではなく、もっと部屋の真ん中付近からポタポタと雨漏りが始まった。しかもそこは蛍光灯が取り付けられた場所。下手をすると漏電で火災の原因となってしまう。

ザンザン降りの雨の中、外に飛び出すと、ブルーシートと大きく重たい角材をふたつ、屋根の上に運び上げた。雨漏りする場所にブルーシートを敷いて、角材を重石《おもし》にし、雨よけのカバーにした。脚立を下りて屋内に戻ったはいいが、もちろん全身びしょ濡れなので、すぐにシャワールームへ。

その話を聞いてログビルダー氏はさぞかし悔しかったのだろう。

猛暑の中、トタン屋根の上で大規模補修。今度こそという意気込みである。

屋根換気の排気口を、さらに二重に包むようにして工事が完了した。「まだ雨漏りするようでしたら、すぐに駆けつけます」と心強い言葉を残して帰っていった。

以来、雨漏りはピタリと収まった。

状況を報告するとログビルダー氏は本当に嬉しそうだった。

こうしてようやく我が家は雨漏りを克服できたのである。

繰り返し、いわせてもらう。屋根は重要である。

そして今でも、屋根は自分にとってのくつろぎの場。煙突掃除をしたり、アスファルトシングルのコーキング補修作業をやったあと、すぐに下りずに、しばらく屋根の上に滞在する。

広い空を見上げたり、遠い景色を眺めたり、寝転がってみたり……。

動線を考える

生活動線を無視して家を建てるのは愚かなことである。

日常にむだな動きが必要となってしまうからだ。

その点、我が家はいろいろと反省点があった。それは自分ですべて考えて設計せず、すでにあるモデルキットのログハウスを選んでしまったための弊害だ。もちろん多少の変更はしてもらったものの、やはりこうすれば良かった、ああすれば良かったと、あとになって思う。

すなわち生活してみないとわからないことがいっぱいあったのだ。

まず、玄関の位置が悪い。

このログハウスキットは、生活の中心となるリビングを日当たりのいい南側に向けると、どうしても東側が玄関ポーチとなる。西側はトイレと風呂場だ。ところが土地は東に向かって傾斜しているから、玄関が地面から二メートル以上も高くなってしまう。西側を通っている道路から玄関に到達するために、いったん低い場所に下りて、わざわざ急な階段を登るなんてのもばからしい。

設計をミラー状態で左右反転させることも可能だったが、そうなるとせっかく見晴らしがいい南東側を、風呂とトイレが塞いでしまう。

けっきょく、家の南側壁面にポーチを長く作って、それを玄関から道路までの通路にし、道路からは数段の階段でそのポーチにアクセスできるようにした。すなわち我が家に入るためには、道路からポーチに上がり、居間の外を横切るように突き当たりまで歩き、さらに左に曲がってやっと玄関があるという形になる。

まあエントランスが少し長くなるぐらいいいではないかと思っていたら、予想外のことが起こった。

来訪されるお客さんが、玄関の場所がわからず、すぐ近くにある勝手口のドアや、掃き出し窓をノックするのである。

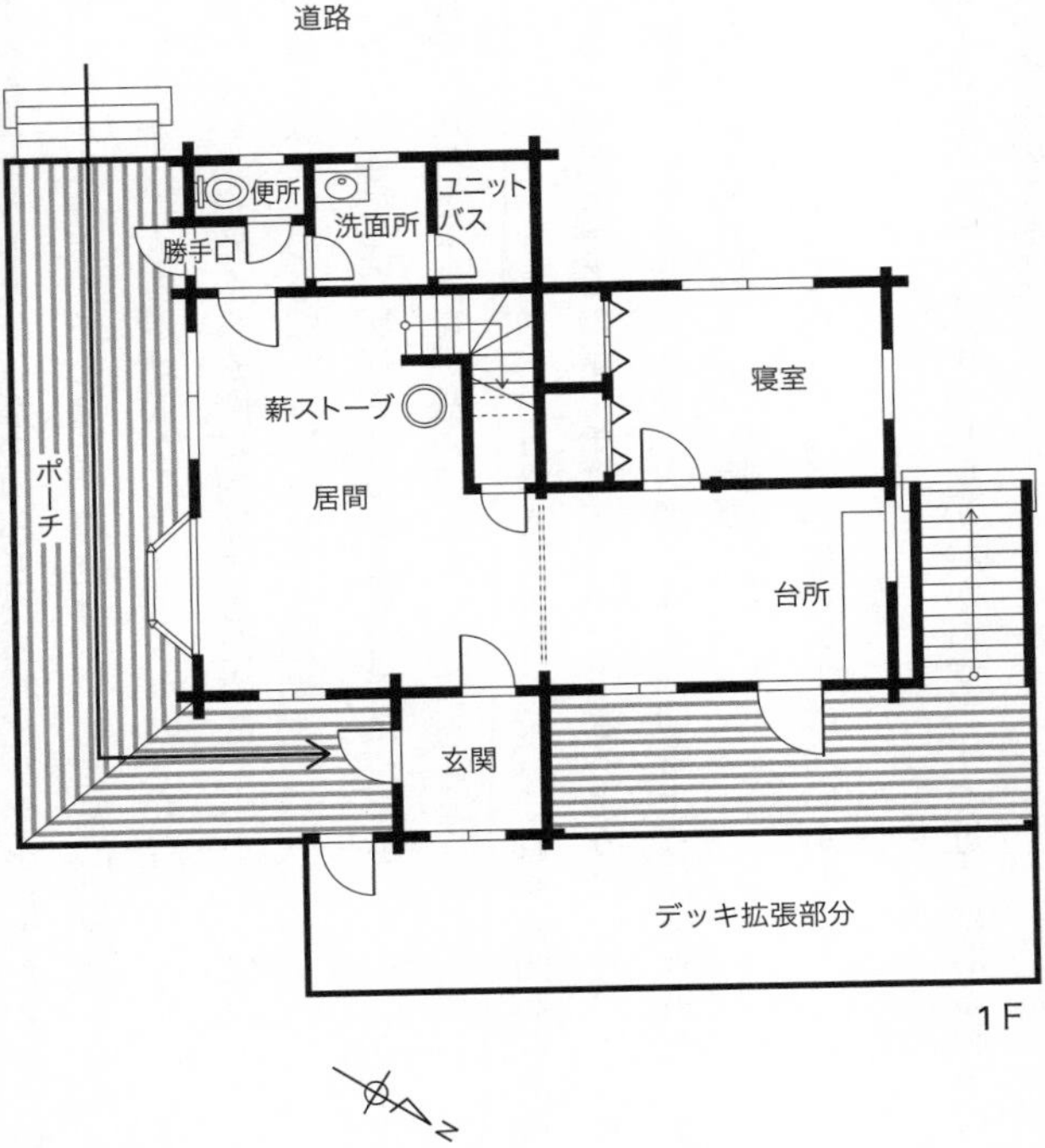

図１　ログハウス１階平面図と玄関までの動線

これはいかんと思って、〈玄関はあちらデス！〉と注意書きを記した木製の看板を、勝手口と掃き出しとの間の壁にかけたのだが、それでもその看板に気づかず、手近なドアをノックしてくる人があとを絶たない（おかげで、ちゃんと注意書きに気づく人間とそうでない人間の違いが見えて、それはそれでおもしろかったが）。

最近は、いちいちガラス越しに「あっちが玄関ですよ！」と指さすのも面倒くさくなって、仕方なく勝手口や掃き出しを開けてお客さんに対応している。

薪ストーブを使う場合、薪小屋から薪を運んでくるその動線も重要だ。

まず、薪小屋は基本的に風通しが良く、日当たりのいい場所に作るべきだと思う。我が家ははからずもデッキ下の薄暗い空間を薪小屋にしてしまったため、乾燥に時間がかかってしまうことになった。しかも薪をストーブまで運ぶのに、居間のドアを開け、急な階段を下りて地下室へ行き、さらにまたドアを開けて外に出て、棚から薪を運んでくるという手間のかかる状態だ。

大量の薪を抱えて地下室からの急階段を登っていると、いつか足を滑らせたり、バランスを崩して落ちて大怪我でもするんじゃないかと思ってしまう。それもこれも、我が家が傾斜地に建っているせいでもある。

否、我が家はまだいいほうだ。台所に勝手口をつけていなかったり、いちいちトイレに行くのにどこかの部屋を突っ切らねばならなかったり、洗濯を干すのに家をまるまる横切らねばならなかったり、あるいは風呂場と洗面所が隣接していなかったり——実はそんな家がたくさんあるというからびっくりする。

昔の家屋なら、外便所などは当たり前だったが、それは〝不浄の場所〟を家屋から出しておくという古い因習のためだと思われる。今は「トイレには神様がいる」といわれ、家の中でもとくに清潔にするべき場所である。

動線の重要性といえば、人間ばかりではない。

室外の給湯器とそこからの配管ルートも、意外に知られていないポイントだ。

我が家の失敗をまた明かすが、キッチンのシンクにある蛇口と屋外の給湯器が離れすぎているため、困ったことになった。給湯器で温められた湯が外壁を這っている水道管を伝って台所の蛇口から出るまでにえらく時間がかかってしまうのだ。

下手をすると、食器を洗っている間じゅうずっと蛇口から出る水が冷たく、洗い終える頃になってようやくお湯が出始めることになる。すなわち、たんに外の水道管を温めるだけで終わってしまうのだ。

できれば風呂と洗面所、そして台所はそれぞれなるべく近場に作り、いずれも給湯器からの距離が短くてすむように家を設計しなければならない。けっこうこれは難しいことだと思う。

昨今はバリアフリーが定番となっている。

とくにお年寄りのいる家庭なら、やはり車椅子や歩行器がすんなりと通過できるようにしたい。我が家は玄関へのエントランスが短いながらも階段になっているため、その考え方はまったく欠落していた。

外に出るドアも少し床面と段差がある。

ただし、バリアフリーにも欠点がある。ドアと床のクリアランスをタイトにすると、たとえばスリッパを置く場所を別に確保しなければならなくなる。ドアを開け閉めするたびに、スリッパに当たって動いてしまうからだ。

屋内のドアに関していえば、うちは床との段差がないが、そのかわりドア下端に隙間ができてしまうため、冬場は隙間風がスースーと抜ける。仕方なくドア下端にスポンジなどを貼り付けたりしている。

寒さに強く

寒冷地仕様——と聞くと、まず車を連想する人が多いのではなかろうか。

バッテリーを大きくし、オルタネーターの発電量を大きくしてエンジンの始動をスムーズにしたりバッテリーを上がりにくくする。ワイパーブレードを金属で覆ったり、モーターを強力にしてフロントガラスに付着する雪を押しのける。走行中にデファレンシャルギアが雪で凍結するのを防ぐためにスノープロテクターを装着する。ドアミラーに熱線を入れたり、車内暖房を強化したり、ウインドウウォッシャー液の粘度を変更するなど。

それは家屋においても同じで、暖かい土地と寒い土地との家の建て方はまるで違う。

冬の気温がマイナスになる土地では、家の屋根、壁、床、開口部、そして基礎の断熱性能を高める必要がある。また、水道管の凍結防止措置をする。玄関の扉を開けるとすぐに居間というふうにならないために、ドアを二重にして、それぞれの間に三和土《たたき》と上がり口のスペースを確保することも大切だ。

もっとも重要なのは窓だろう。

寒冷地ではペアガラスなどの複層構造の窓ガラスにしなければならない。北海道の極寒地方ではトリプルガラスも使われている。

屋内の暖気は壁よりも窓から外に逃げる。それを少しでも防ぐためである。複層ガラスには内部にアルゴンガスを封入してあるものや、内部を完全に真空状態にしたものもある。いずれも断熱効果が高く、結露対策としても有効であり、また外からの防音効果も期待できる。

屋内の熱が逃げるのは窓だけでなく床からもある。だから、寒冷地では床下に断熱材を入れる。

代表的なのはグラスウールやロックウールといった繊維系だ。これは燃えにくく防水、撥水効果があるし、比較的安価だ。ただし湿度に弱く、カビが発生しやすいために結露対策が重要となる。

セルロースファイバーというのは、紙を原料に、ホウ酸や硫酸アンモニウムをくわえてある素材。床下に吹き付けていく施工法なので、隙間ができにくく気密性もある。が、価格が少々割高のようだ。

さらに羊毛やコルクといった自然素材を使った断熱方法もあるが、いずれも高価。

最近の流行はウレタンや発泡スチロールのような素材らしい。湿気や漏水には強いだろうが、熱に弱いということもあるから要注意だ。

いずれの断熱材も性能的にはあまり違いはないように思える。

雪対策も手を抜けない。

豪雪地帯であれば、屋根に積もった雪の重みはたいへんなもので、家屋そのものを頑丈にしないとだんだんと歪みが生じたり、下手をすれば倒壊の危険性だってある。雪下ろしのときに怪我人や死者も多く出る。

だから屋根勾配を急にしたり、屋根から自然に雪を落とすことを考えねばならない。

雨樋《あまどい》を軒先につけると、雪の重さでてきめんに歪んでしまうため、雪の降る土地では雨樋のない家が多い。

逆に雪が少ない土地では、屋根に雪止めをこしらえることもある。屋根から落ちてくる雪を防ぎ、天気が良くなれば、その場で雪が溶けて雨樋から水が落ちるようにする。

水道管の凍結防止に手を抜いてはならない。

別荘の住民が留守のとき、マイナス気温になって水道管破裂を起こす事例があるが、実は定住の家でもそれは起こりうる。基本的に水道管の中を水が動いていればほとんど凍結しないのだが、それでも少し滞るとたちまち凍り付いて配管に亀裂が入ったりする。

だからむき出しの水道管には不凍栓というものがある。発泡スチロールなどで保温をし、気温が低くなると自動感知し、熱線に通電して配管を温める。

ユニットバスも、追い焚きができるタイプは、気温の低下とともに凍結防止のために自動燃焼する。そのために冬場はバスタブを空にせず、湯の吹き出し口よりも少し上になるぐらいまで、水を張っておかねばならない。さもないと空焚きになって、ユニットバスの故障につながる。

最後はやはり家を建てる場所の問題。

前述したが、極端に日当たりが悪い場所での建築はお勧めできない。

我が家もその点は失敗で、西側が小高い山となっていて、冬場は午後になると日が隠れる、いわゆる半日村の土地であるため、日照時間が短く、そのぶん光熱費が高くつく。

日当たりが良ければ、日中は暖房なしで、温室の中にいるように暖かく過ごせる。

ただし、八ヶ岳颪《おろし》といわれるこの土地独特の冷たい突風は、周囲に何もない開けた場所で猛威を振るう。乾燥した夏は砂嵐を引き起こし、冬は地吹雪となる。

さいわい我が家は山懐にあるおかげで、それがほぼシャットアウトされるという利点もあるが——。

家の周囲に立木がある、あるいは植樹をする場合、杉やヒノキのような常緑樹はやめたほうがいい。てきめんに日当たりが悪くなる。

広葉樹であれば、秋になって落葉し、日差しは確保できる。ただし、枯れ葉が屋根に積もったり、雨樋を詰まらせたりするので、いちいちメンテナンスをする必要がある。

地下室と庭を有効利用する

我が家のように傾斜地に家を建てることには善し悪しがある。

いい点はまず景色が素晴らしいことだ。高さがある場所にデッキを作ると、遠くまで見晴らすことができて気持ちがいい。知人宅のログハウスには、子供たちが遊ぶためにデッキから庭への滑り台が作ってあり、デッキの下にはブランコもあった。高さという条件を有効利用したいい例だろう。

もうひとつ。片側の基礎が高くなるため、床下に地下室や半地下室を作ることができる。

ただし何年かの間、コンクリートの基礎に含まれた水分が蒸発するため、中に湿気がこもる。

下手なものを置くとカビだらけになったりする。

だからコンクリ基礎を利用して作った地下室には、必ずタイマー式の換気扇を作るべきだ。

あるいはドアや窓を作って、夏場はそれを開放しておけば、湿気は意外に早く抜けてくれる。我が家のようにＤＩＹの工具や農機具を置くための物置として地下室を使うだけでなく、ちゃんと板張りの床にして、地下の隠し部屋のような感じで使うこともできる。カビ臭ささえなんとかすれば、夏場は涼しいから案外と居心地がいい。ところが建築確認の際に「部屋」として扱われ、固定資産税をよけいに取られる可能性があるので面積などには要注意。

傾斜地の有効利用の例をもうひとつ。

庭の傾斜でソリ遊び

雪が降ったらソリで遊べる――！

子供たちが小さな頃にはよくやった。大人になってもソリ遊びは楽しいものだ。

もちろん斜度によっては勢いがつくので怪我をしたりしないように。

短所もいくつか。

前述したように、家へのエントランスがかぎられてしまう。平地にある家なら、どこに出入り口を作ってもいいわけだが、傾斜地の場合は玄関や勝手口を作る方角がかぎられる。高い場所に急傾斜の階段を作るなんてもってのほか。

ソリ遊びは楽しかったが、子供たちとキャッチボールをやって受け損ねると、ボールが斜面をどこまでも転がっていってしまうこともあって、なかなかにたいへんだった。

街中に住むならともかく、田舎暮らしにとって、庭というのはとても重要な場所だ。家庭菜園をやるにしろ、本格的な畑作をやるにしろ、大きな庭があるというのは嬉しいものだ。山際に暮らすとそれなりに収穫がある。春には山菜が採れたり、秋にはキノコが生えてきたりする。

夏場は草刈りがたいへんだが、そのことは後述する。

我が家は庭先に焚火場を作っている。

周囲に火が飛ばないようにレンガを敷き詰め、石を並べて、その中で焚火をする。アウトドア用の折りたたみ椅子に座ったり、火の前に直接胡座《あぐら》をかいたり、キャンピングマットを敷いて寝転がってみたり。昼間から缶ビールや酎ハイを飲んでほろ酔い加減で、串に刺したウインナーを焼いて食べるときの至福ったらない。

子供たちは犬と遊び、立木の間に吊るしたハンモックで寝てみたり、お腹が空くと親のところにやってきておむすびをねだったりする。

夕方になればコールマンのガソリンランタンに火を点け、薄闇に火床が赤々と光るのを見ながら、ちびちびとウイスキーをなめる。

これぞ田舎暮らしの醍醐味だと思う。

それから我が家には池がある。

大きな石を組んで庭に作ってもらって、今は金魚が泳いでいる。

たんなる観賞用の池ではなく理由があるのだ。

下水処理施設がない土地では、基本的に合併浄化槽を使用する。毎年の保全の料金もかかってたいへんなのだが仕方がない。台所や風呂場、トイレなどから出た汚水は、この合併浄化槽に流れ込み、微生物に分解させてある程度きれいにしてから、浸透升を使って地中にしみこませる。

ところが浄化槽の微生物は水の汚れを完全に除去できるわけではなく、とくに窒素やリンといった成分はそのまま地中にしみこんでしまう。

我が家は浄化槽から直接地中に浸透させず、人工池に流すようにしている。

池には水草で知られたホテイアオイを浮かべている。それが汚水の窒素やリン、他の栄養分を吸収する。だから春先にホテイアオイをいくつか池に浮かべておくと、たちまち繁殖し、

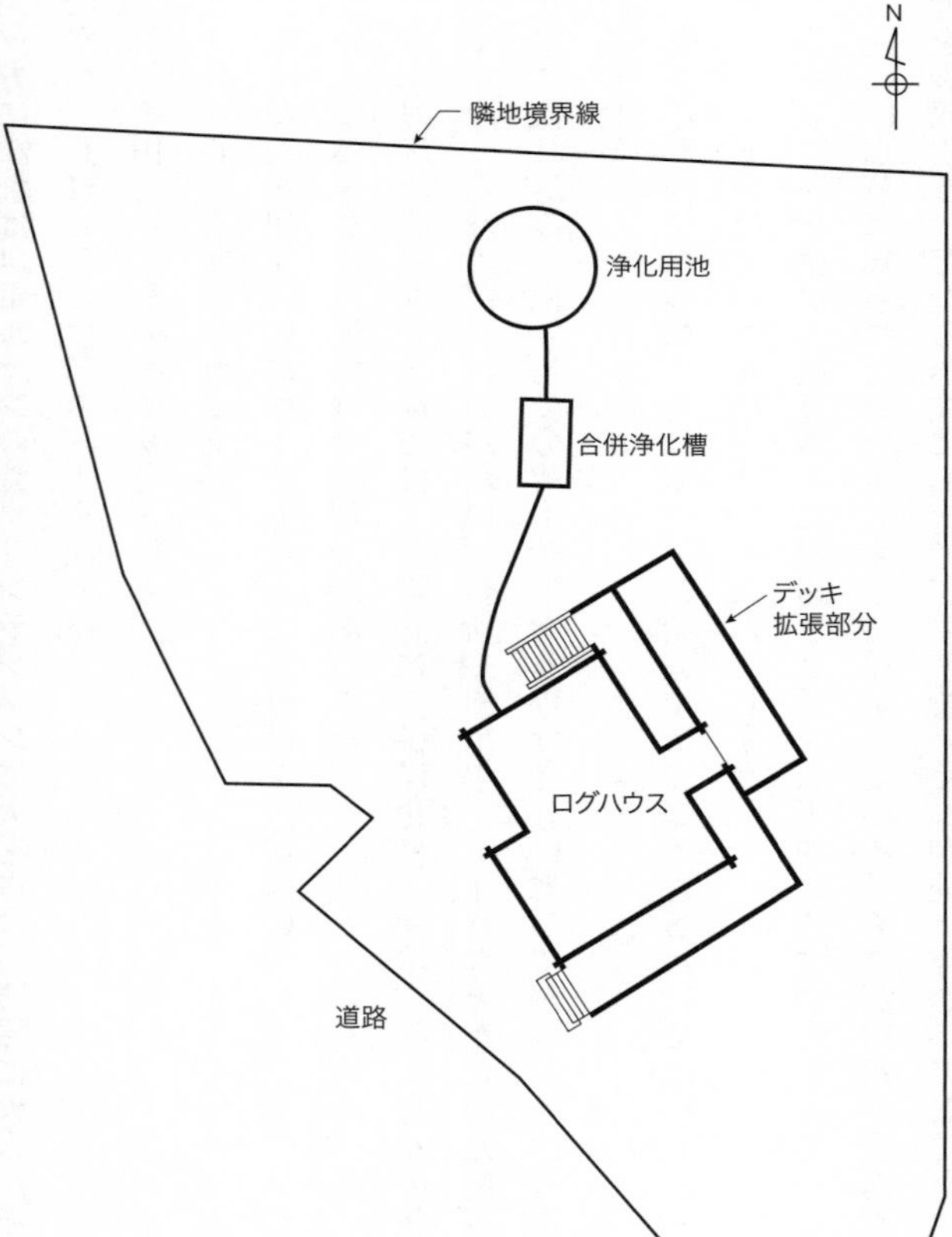

図2　敷地全体

いつの間にか池の水面全体に広がっているからびっくりする。薄紫の花をあちこちに咲かせるし、それだけ流れ込む水に栄養分が多いのだろう。

このアイデアは、前述のアウトドアライター、シェルパ斉藤さんがご自宅のログハウスを建てたときに採用したものだ。我が家もそれを参考に真似をさせていただいた。

池の金魚たちも、餌なんかやったことないが、汚水の栄養分を食べてくれるようで、小指の先ぐらいの大きさだったのが、いつの間にか数倍の大きさになっている。しかも繁殖してずいぶん増えていく。

悩みの種は、その金魚を目当てにアオサギがやってきて、長い嘴《くちばし》でついばんで食べることだ。追い払うと悠然と飛び立ち、大きな翼をバサッバサッと羽ばたかせながら空の彼方に去っていく。

風呂とトイレ

焚き付け口が屋外にある五右衛門風呂を考えていた。

子供の頃、いつも風呂を焚くのが仕事だった。おかげで火の付け方を小さな頃から憶えて、焚火や薪ストーブの着火で今でも役に立っている。

直火で焚いた風呂はお湯が柔らかいといわれる。そうだったかもしれない。

五右衛門風呂は木や樹脂製の底を沈めて入るが、焚きたてのときはお釜が熱くて、中で身を縮こまらせていた。たしかに体の芯から温まる。鋳鉄の風呂釜だったから、遠赤外線が出ていたに違いない。薪ストーブと同じ原理である。

そんな記憶があって、五右衛門風呂っていいなあと思っていた。

けっきょくそのアイデアはやめて、シンプルなユニットバスになった。

それで良かったのだと思う。

毎回、家の外に出て、焚き付け口に薪や端材《はざい》を入れて火を点け、フイゴでフーフーやるなんてのはたいへんだ。それでなくともストーブで焚く薪が不足する冬があるというのに。

ユニットバスなら、湯沸かしはスイッチひとつですんでしまう。しかも掃除が楽というメリットがある。

新居を建てるにあたって、凝ったバスルームにする人がけっこう多い。ヒノキ風呂にしたり、大理石を敷いてみたり、大きな窓から素晴らしい景色を見ながら風呂に浸かるなんて最高の贅沢だろう。

温泉の導管がある土地なら、それを自宅に引いて家庭温泉としゃれ込む。

だけど、うちはやはり小さなユニットバスにした。

ハーフユニットも考えたが、やめた。とにかく風呂は毎回毎回、使用後に掃除をしなければならない。フルユニットのほうがだんぜん楽だ。

循環式の二十四時間風呂が流行ったこともあったが、我が家は一日のうち、好きなときに風呂に入るなんて暇な家族がいないし、それでなくても電気代がかかったり、衛生面で問題が指摘されていたりで選択肢から除外した。

家庭に引き込む温泉だが、我が家の土地周辺には温泉の設備がなく、たとえあったとしても、温泉の成分で配管が傷んだりと、メンテナンスがたいへんだという話を聞いた。入りたければ、ちょっと車を走らせたら公営温泉に市民料金でいくらでも入れる。

風呂の広さも、基本的にひとりずつ入浴するわけだから狭くていい。

いや、下手に広いと、冬の寒い時期など、バスルームが暖まるのに時間がかかってしまう。むろん掃除もそれだけたいへんである。

そんなわけで薪割りや庭草の刈り払いで汗を流したあと、狭いユニットバスに浸かりながら、窓の外から聞こえるフクロウの低い啼《な》き声に耳を澄ませている。

幸せを感じるひとときである。

トイレは一軒につき、できれば二カ所ほしい。

誰かが入っているとき、我慢しなくてすむというのが大きな理由だが、便器が詰まったり、何らかの理由で使えなくなった場合、もうひとつあれば文字通り不便にならずにすむ。

とりわけ私にとって、トイレはくつろぎの場だ。狭い空間が好きなせいで居心地がいいのである。

だからよくトイレで読書をする。

カラスの行水だから風呂場で本を読むことはないが、トイレは長居をして読書にふける。

そのため、ふたつ目のトイレが有効なのである。そんなわけで我が家のトイレには本棚がある。

前述のように二階のトイレの排水音はけっこう階下に聞こえてしまう。

できれば寝室から離れた場所にトイレを作るか、配水管自体を防音材でしっかり包んで音が洩れないようにすることも大事だ。

合併浄化槽を使用する場合、トイレットペーパーを汚物といっしょに流してはならない。

登山をしていて山小屋でトイレを使うと、「使ったペーパーは専用の箱に入れてください」と注意書きがあることが多い。これは山という特殊な場所にあるトイレのため、糞尿と紙を分けて処分する必要があるからだ。

合併浄化槽を使用する家屋のトイレも、同じ理由で仕分けすることが大事。トイレットペーパーを汚物といっしょに流せば、それが汚泥となって浄化槽の中に溜まってヘドロになってしまう。そのため、条件によっては毎年、くみ取りをしなければならなくなる。くみ取り料金はだいたい数万円かかる。

最近の家庭はシャワートイレが常備されていることが多い。

山小屋のようにペーパーに汚物がつかず、洗浄したあとの水気を拭き取るだけだから、使ったペーパーは比較的きれいだ。そのため、トイレにはペーパーを入れる専用のゴミ箱を置いておく。

そうすることで合併浄化槽の汚泥の沈殿を防ぎ、節約となり、浄化槽が長持ちする。


軽トラックは必需品？


田舎暮らしに軽トラはマストだといっていい。

この車は日本が世界に誇れるものだと思うし、実際、欧米では日本の軽トラの人気が徐々に高まっているそうだ。

軽自動車なのに、たくさんの荷物を運べる。こんな車は他にない。

四輪駆動の車輛にすれば、ラフロードや雪道も平気。林の中などにどんどん入っていける。さらに軽トラなら、少々何かにぶつけて車体がへこんでもさほど気にならない（例外的に神経質な人はともかく）。

実は暮らし始めてしばらく軽トラを所有していなかった。

それまでどうやって薪運びなどをしていたかというと、ジムニーのリアシートを外してカーゴスペースを確保し、そこに玉切りにした丸太を積み込んでいたのだ。天井もあるし、リアゲートドアを閉めれば荷物を縛る必要もないから便利、と思っていた。

軽トラは田舎暮らしの必需品

しかしやっぱり積載能力が違う。ジムニー後部のカーゴスペースにいっぱいに山積みしても、軽トラの荷台の半分程度しか入らない。

それでも意地になって、うちは軽トラを使わないといいはっていた。

いかにも田舎暮らしの定番アイテムだし、他人と同じことをするのがいやだったのだ。そんなひねくれた性格の私のところに、あるとき、軽トラがひょっこりやってきた。

土地を売ってくださった隣人。ご主人が亡くなったあと、奥様が「うちの軽トラ、いらない?」と声をかけてくれたのだ。

さすがに迷うことなく「お願いします」と頭を下げた。

そんなわけで我が家に軽トラがやってきた。

ダイハツのハイゼット。

ちょうど旧型ジムニーも廃車となり、それに代わって、我が家の荷運びは軽トラで行うようになった。当然、便利さに目覚めるのである。

現場で長い丸太のまま、それを荷台にどんどん積み上げて、ロープで縛り上げ、我が家に運んでくる。三方のあおり板を開放して荷台をフラットにし、庭先に丸太を乱暴に落としていく。

それまで軽トラがなかった生活がバカみたいに思えてきた。

やっぱり田舎暮らしに軽トラはマストなのだ。

その軽トラも、長らく使っているうちに、エンジンが異音を発するようになってきた。どうやらシリンダー内部でカムがこすれているらしい。だから、規定よりも早めにエンジンオイルを交換するということで、ごまかしごまかし乗っている。

当然、高速道路で八十キロで飛ばすなんてできないから、娘が東京のマンションに引っ越したときは、お世話になっている自動車修理工場から別の軽トラを借りた。日頃の荷物の積載も、多すぎるとエンジンに負荷がかかるため、気をつけるようにしている。

そんな我が家の軽トラも、いずれは寿命が尽きて廃車となる。そうなったら、やっぱり次の軽トラを買うだろう。

荷台が傾斜したり、リフトアップできる〝ダンプ式〟もいいなと思うが、どうやら車重があるため燃費が悪いらしい。多少の不便さはあっても、ノーマルな軽トラがいい。

ただし、今度はデフロックがあるタイプにしようと思っている。

正式にはデファレンシャル機構という。左右のタイヤの回転差を固定する装置だ。

これがないと、たとえば雪道や泥濘《ぬかるみ》で片輪が空転すると、他の車輪まで動かなくなってしまう。同じ四輪駆動でも、デフロックがあるとないとじゃ大違いだ。

今の軽トラにはそれがないため、たまに冬場などは苦労している。

それでもせっかくうちにあるのだから、完全に乗り潰すまでこのハイゼットを使おうと思っている。

すべてに器用であれ！

田舎暮らしの基本のひとつ。

それはとにかく何でも自分でやるということ。

都会にいて、たとえば蛇口から水が出なくなったり、トイレが壊れたり、家電製品が故障したりすれば、まず業者を呼ぶ。ショップやメーカーのサポートセンターに電話を入れ、修理を依頼し、保証期間内なら無料で、そうでない場合は出張費や実費などを払って問題を解決してもらう。

あるいはさっさと棄てて、新しいものを買い直す。

私も東京にいたときは、そうだった。

ところが――田舎では違う。

むろんお金をかけて都会流を再現するのも自由だろう。しかし、私はとにかくまず、自分で直せるかどうかを試してみる。

今はインターネットで検索すれば、さまざまなトラブルの解決方法が出てくる。そのための工具や道具、機材などを買っておくのである。

雨漏りが始まったら屋根に登り、コーキング材で怪しい箇所を封鎖する。

温水が出なくなったら、すぐに屋外に出て、給湯器の電源をリセットしてみたり、フィルターが詰まっていないかとか、どこかにゴミが溜まったり、漏水していないかなどをチェックする。

ドアが閉まらなくなったら、どこかに歪みがないかを調べたり、ドアノブを外して内部の破損を確かめる。

チェンソーが動かなくなったら、カバーを外して分解する。

そんなふうにして原因がわかったら、とにかく自分で修理する。新しいパーツをネットで注文したり、ホームセンターや家電店で買ってきたり。やれることはすべてセルフでやってみる。

どうしてもダメな場合は、仕方なくメーカーや修理屋を頼むのである。

その理由は、ひとえに節約。

エコロジーという意味もあるかもしれない。

メーカーや販売店からサポートを呼べばお金がかかる。手間だってかかるだろう。それらをいっさい省くために、自分でできる範囲のことは自分でやる。よけいなエネルギーを使わず、あるものですませるとか、応用ということを考える。

そんなことを繰り返していくうちに、だんだんと知識が深まり、手先が器用になってゆく。

そして自信がついてくる。

意外に自分がやれることがわかった満足感。セルフで修理できたときの達成感もある。

修理だけではなく、さまざまなトラブルの対処も同じ。

たとえばツルツルに凍ったアイスバーンの雪道で車がスタックする。どうすれば脱出できるかを考える。ときには他人に助けを求めることもあるが、ＪＡＦを呼ぶのは最後の最後という手段である。

そうして自分に雪道踏破の技術が身につくと、今度は他人を救助することができる。

私の場合、多いときはひと冬に数台の車を、立ち往生から救出したものだ。

そんなわけで、我が家の軽トラックには年がら年中、太くて頑丈なスチールワイヤーやフックなどが搭載されている。冬場でなくても、泥濘で動けなくなる車だってあるからだ。

とにかく経験を積み、器用であれ。

屋根に登ったり、ベランダの手すりの外側に取り付いてハンマーをふるったり、顔や衣服を油汚れだらけにして刈払機を修理したり、エンジンオイルを自分で交換したり、ＤＩＹでいろいろなものを自作する。

我が家では畑作を妻にまかせっぱなしで本当に申し訳なく思っているが、その農地の防衛は夫の仕事。周囲の柵を作ったり、犬とともにサルの群れを追い払ったり、夜中にやってくるシカの群れはエアソフトガンで撃退する。

子供たちが小さな頃、メタセコイアの苗を庭先に植えた。

隣人がプレゼントしてくれたのだった。

それがどんどん生長して巨大になり、背丈が屋根を越していった。秋になると枯れ葉が風に舞い、屋根に落ちて積もり、雨樋の排水溝に詰まる。とかくメタセコイアは巨木になるし、これ以上、丈が伸びるとたいへんだというので、上のほうの主幹を切ることにした。

高所の危険作業だし、本来なら職人を呼ぶべきだったかもしれない。

隣人から電動チェンソーを借り、命綱をつけて脚立を立てかけ、そこから木登りをした。片手にチェンソーを持っているからたいへんである。

あまり高く登るのも怖いし（正直をいうと、子供の頃からの高所恐怖症。それで登山をしたり、屋根に登るから不思議だが）、適度な高さのところで電動チェンソーを駆動させ、主幹を真横に切り始めた――はいいが、やがて主幹が傾《かし》ぎ、チェンソーのガイドバーを咬《か》み込んでしまった。

これは困ったことになった。一度、下りて別のチェンソーを持って上がるべきか。けっきょく、腰につけていたレザーマンのマルチツール。その小さなノコギリを使ってギコギコと主幹を切り込み、三十分以上かけ、なんとか電動チェンソーを無事に外して回収することができた。

主幹は最後まで切り終えていなかったが、そこに太いロープをかけて、木の下に落とした。軽トラでロープを引っ張ると、メキメキと音を立てて主幹が傾ぎ、やがて倒れて落ちてきた。

思わず万歳、である。

これは極端な例。よい子は真似をしてはいけない。

ともあれ、田舎暮らしにおいては、できるかぎり何でも自分でやる。あるいはやろうと努力するべき。

そしてリサイクル、リユースにこだわる。

昔は、ものを修理しながら使ってきた。そのための修理屋さんみたいな業種がちゃんとあった。ところが最近は、あらゆる商品に関して、古いものが駆逐されていくようになった。家電やパソコンなど、修理を頼もうとしても、「これはもう〇年が経過しているので修理できません」とか「パーツがありません」と断られ、新しいものを買うように勧められる。

車だってそうだ。

日本の場合、海外に逆行して、古い型の車を維持しようとしたら、莫迦みたいに税金をむしり取られてしまう。だからクラシックカーはお金持ちの贅沢な趣味でしかない。

本来は逆であるべきだ。

ものを大事にして、コツコツと直しながら使っていく。

そこにこそ、人の心があるはず。

草刈りこそが人生さ

山林を購入するのがブームになっているそうだ。

テレビのタレントがソロキャンプをする番組があって、それが火付け役となったらしい。

何しろ山林という地目であれば土地は安い。一万坪の面積がなんと十万円で購入できたという例もあるという。

我が家の裏山にも、雑木林を購入した人がいた。

「別に家を建てる予定はありません。たまに来て楽しませてもらいます」

そんなことをいわれて、最初は不思議に思っていた。

つまり休暇になったらやってきて、焚火をしたり、キャンプを楽しむ。そのためだけの土地ということらしい。コロナ禍で密を避け、人と会わずに遊ぶには、キャンプなどは最適だろう。

山を購入してプライベートキャンプ場を作る。なるほど、そういう使い方もあるんだなと感心した。「ゆるキャン」という言葉が流行っているらしい。

地主としてみれば、見向きもされない土地を二束三文でいいから買ってもらえたら、代々払い続けてきた税金から逃れることができるし、願ってもないチャンスだろう。

放棄地をこうして有効利用するのも悪くない。

ただ、火の不始末で山火事だけは出さないでもらいたい。

ところがいざ山を買ったはいいが、けっきょく後悔したという人間が、それも大勢いるから驚いた。そんな事例がYouTubeにいくつもアップされていた。

理由がまた情けない。草刈りがしんどいというのだ。

なにをかいわんや、である。

夏期、地面が草ぼうぼうとなるのは当然のこと。それを知らなかったではすまない。

最低でもひと月に一度は草刈りをしなければならない。そのためだけにたとえば都会からわざわざやってきて、不馴れな刈払機を使って汗水流しながら作業をするのは気の毒だが、それは土地を所有する者の義務だといってもいい。

山林を買ったはいいが、草刈りが面倒になって放置することがいちばんよくない。それでなくても里山の手入れをする者がいなくなり、林も野原も荒れ放題になってきた昨今である。

あるいは土地を持つと、不動産取得税や固定資産税がかかってくる。たとえば原野を開拓して整備し、管理地にすれば、地目変更ということで税額も変わってくる。そんなことも知らずに購入した人がいるらしい。

夏の間、毎月来ては草刈りをする。きれいになった自分の土地を見て満足する。それぐらいの心の余裕がなければならない。

「草刈りで人生が終わる!」そう叫んでいるYouTuberもいた。

そうなのだよ。山に土地を持つということは、一生その義務がつきまとうのだ。

私ももちろん、夏の間に数回は刈払機を使う。

馴れてくれれば、むだな動きがなくなり、要領よく草を刈ってゆける。七百坪ぐらいの面積であれば二時間とかからない。夕方前に始めて、日没寸前ぐらいに終わる。

草刈りが終わると風呂で疲れた体を休め、雑草がすっかり刈り払われた庭をデッキから見下ろしながらビールを飲む。この満足感こそが田舎暮らしの醍醐味といえる。

刈払機はやはりエンジン式がいい。

最近はバッテリーを使う電動式もかなり高性能になってきたが、パワーという点では、やはりガソリンエンジンにはかなわない。エンジン駆動に馴れてない人もいるだろうが、チョークレバーを引き、スターターを引っ張り、エンジンが始動して回転が安定すると、チョークを戻す――その基本さえ呑み込めば、難しくも何ともない。

たしかに危険性はあるが、基本を守れば事故は回避できるものだ。

刈払機のエンジンは、チェンソー同様2サイクルなので、かなり排気音がうるさい。そのため、イアーマフで耳を保護する。振動が激しいので防振グローブをはめ、飛び散る小石などから顔や目を守るため、メッシュカバーやゴーグルを装着する。足元は頑丈な作業ブーツ。刈

エンジン式刈払機、イアーマフ、防振グローブ、メッシュカバー、作業ブーツ、専用エプロンの草刈りセット。左が筆者

り払われた草が衣類に付着しないよう、専用のエプロンを着けることもお勧めする。

刈払機のメインはチップソーと呼ばれる回転刃である。

基本的に直径二百三十ミリと二百五十五ミリの二種類。一般に庭などで使うものは回転刃の数が三十六から四十。竹なども刈れる山林用は五十二から六十。もちろん直径が大きいほうが作業効率が上がるが、それだけエンジンへの負担がかかる。小は大を兼ねるので、二百五十五ミリ用の刈払機に二百三十ミリのチップソーをつけても問題ない。

石などに当たるたびに、チップは火花を散らして摩耗していく。チップソーの刃を研ぐツールもあるが、摩耗だけではなく、しょっちゅうチップそのものが飛んでなくなってしまう。一カ所や二カ所ならいいが、いくつかまとまってチップがなくなると、回転のバランスが悪くなり、振動が激しくなる。

そのため、チップソーの交換をしなければならない。

最近は「高刈り」といって、草の根元からでなく、地面から十〜十五センチぐらいのところで刈り込むやり方が注目されている。そのほうが草の伸びが遅くなり、あとあとが楽なのだという。しかしどうも気分的に徹底して刈り込まないと気がすまない性格なので、いまだに我が家でそれを実践したことはない。

また回転刃ではなく、鞭《むち》のようにナイロンを回転させ、草を刈り取るタイプのナイロンカッターを使うことも多い。

たとえばブロック塀の際などで使うと、コンクリに当たってチップが飛びやすいため、このナイロン式を使う。雑草を完全に根元まで刈って地面を露出させたいときにも有効。ただし使っていくうちにナイロンが短くなっていくので、交換したりする。自動的にナイロンが元の長さに出てくるものもある。

ナイロンカッターを使うと、土煙が舞い上がり、小石が飛ぶので注意する。

目を保護するゴーグルだけだと、顔に散弾のように土や石が当たるから、できればメッシュのフェイスカバーなどで顔全体を覆ったほうがいい。一度、これで小石を飛ばし、愛車のサイドウインドウを粉々に割ってしまったことがあった。

また、ナイロン式はイネ科の雑草のようにしなやかな草は刈りにくい。もちろん笹などのような茎が硬い植物も苦手だ。だから、チップソーとナイロンを使い分ける必要がある。我が家の刈払機は二台あって、いちいち付け替えなくてもいいようにしてある。

繰り返していうが、刈り払いは田舎暮らしの義務である。

山の土地を購入した人も同様だ。

草が伸びるのがいやだったら、アスファルトやコンクリートですっかり固めればいいかもしれないが、そんなことまでして田舎で暮らしたり、山にいる必要があるだろうか？

人は草とともに生きる。

そのことの意味を学ぶべきだ。

設備屋は慎重に選ぶ

我が家の最大の失敗。

それは設備屋の選択を間違えたことだ。

そもそも設備屋とは基本的に家の水回りを担当する。上水道に下水道、風呂やトイレ。それらの配管。さらに浄化槽も。こうした水回りというのは、実はもっとも大事な部分で、家というのはそういう場所から傷《いた》んでくるものだ。

だからちゃんとしたプロにまかせなければならなかった。

何しろ初めての土地だったし、新居を建てるのも初めて。ある程度は人任せにするしかなかった。そういうことでその設備屋はログメーカーの設計担当者が選んできた。

隣町（当時は村だった）のFという設備屋。

飄々《ひょうひょう》として人の良さそうな人物だったが、これがとんでもない悪質業者だった。

今にして思えば、建築当時から、この人は問題ばかり起こしていた。

発注ミスや手抜きの発覚など。

とはいえ、その頃はまだ建築屋の当事者同士のトラブルであり、施主である自分としては実感がなかったのである。

ところが竣工後、家の引き渡しが終わり、私たちが生活をするようになると、その手抜きぶりが次々と露見していった。

まず、台所の流し台。

壁との間に少し隙間がある。ふつうはピッタリと壁につけるものだが、なぜか一から一・五センチぐらい空いている。その隙間のおかげで、いろいろなものが落ちてしまう。フォークや箸や食材まで。妻はその隙間を〝魔界〟と呼んでいた。

なんとか自分で流し台を壁にピッタリとつけたいのだが、システムキッチン自体が完全に床に固定されていて、素人ではどうしてもできないのである。だから仕方なく、隙間にテープを貼ることで対処するしかなかった。

洗面所の洗面台も同じで、壁との間に隙間があり、体が当たるたびに傾いでガツガツと音を立てる。

どうしてこんな手抜きをするのか。ようはセンスの問題なのだなと思った。とにかくずぼらなのである。きちんと仕上げるというプロ意識がないのだろう。

次に起こったトラブルはトイレの下水管である。

一階のトイレを流すと、二階のトイレがボコボコと音を立てて、勝手に水が流れてしまうようになった。いったいどうしたことかとF設備を呼びつけると、「こんなものはエア抜きをすればいいんだよ」とふてぶてしい態度でいう。

トイレの排水管の直径が小さいのではないかというと、「こっちは現場を知ってるんだ。あんたに何がわかる」と逆ギレする。

けっきょくFは外の管の一部に空気抜きを作った。

たしかにそれでトラブルは収まったのだが、よく見ると、塩ビパイプ同士の接合がビニールテープなのである。それをグルグル巻きにして接合しているだけだ。本来は専用の接着剤を使うはずだ。それぐらい素人の私ですら知っている。

もしやと思って地下室に入ると、台所直下を這っている下水のパイプも、あちこちがビニールテープで接合されていた——。

　それからまもなく次のトラブルが発生した。

　台所の下水管が詰まって、シンクに逆流するようになってしまったのだ。もしやと思って地下室に入ったり、また庭を掘って調べてみたりすると、明らかな配管ミスが見つかった。台所の下から浄化槽までストレートに配管をすればいいものを、なぜか途中でL字やコの字に曲がりくねった配管をしているのである。

　たまたま別の設備屋と知り合いになったので、さっそく来てもらったら、くだんのF設備の噂は有名らしく、「あの人は素人以下です」と苦笑いしていた。

　この複雑な下水管の結合を見て首をかしげ、「どうしたらこんなことができるのか理解に苦しみます」という。

　けっきょくその新しい設備屋さんに配管の直しをお願いして、すぐにトラブルは回避できた。ビニールテープで接合された部分も徹底的に直してもらった。

　それからまもなく、最悪のトラブルが起こった。

　下水を処理するための合併浄化槽に関してである。

　浄化槽は定期点検が義務づけられている。その点検業者が首をかしげながら、私にいってきたのだが、浄化槽のタンク自体がどうも手前に傾いていて、汚水の排出が不完全になっているという。

浄化槽は地中に埋設されているものだが、それが傾くなんて話、聞いたことがない。なぜならば、地中の浄化槽はステコンと呼ばれるコンクリートの台座の上に固定された状態で埋設されているからだ。

ところがいろいろ調べてもらうと、そのステコンがないというのだ。

これがＦ設備最悪の手抜きだった。

つまり――タンクの下にステコンを打たずに浄化槽を埋設してしまった。そのため、浄化槽のタンクが地中でだんだん傾いていったのである。

点検業者はこういった。

――このまま放置すると、さらに浄化槽が傾いて配管が折れる可能性があります。

これはえらいことだと、電話でＦ設備を怒鳴りつけたら、それきりなしのつぶてになってしまった。いくら電話をかけても出ないのである。

悔しいが、ここは泣く泣く自腹を切って浄化槽を埋め直してもらうしかない。新しく知り合った設備屋に、傾いた浄化槽を掘り起こしてもらい、きちんとステコンを打って埋め直した。

さらにＦ設備がやってなかった地上のコンクリもちゃんと打ってもらった。それまではただ浄化槽の蓋が二カ所、地上に出ていただけだったのだ。

当然のことだが、それきりＦ設備とは疎遠となった。

どうやら評判も最悪らしいし、そんなことをあちこちで繰り返していて、設備屋としての仕事ができるとは思えない。おそらく廃業したのではなかろうか。

どうしてあんな業者を選んだのかと思ったが、ログメーカーの設計担当はすでにお墓の下、いまさら聞き出すこともできない。

あらためてここに書くが、設備屋の選択は最重要である。

水回りという家の要《かなめ》を担当するからだ。

この先、家を新築する場合、こと設備屋に関しては徹底調査をして業者を選ぶべきだ。今はネットで口コミなどを知ることができるし、できれば地元で評判のいい設備屋を捜し出すすべをなんとか見つけるしかない。

家を建てると不幸が起きる？

よく、いわれていることらしい。

新築を建てたとたん、身内に不幸があったり、家族に病人が出たりという話。

いくつかの説がある。

まず、家を作るという一連の行為は、とりわけ施主自身に多大なストレスをかけるということ。それは我が家のときも実感した。資金面や、見知らぬ土地に住むという不安。果たして思った通りの家ができるのか、とか。基礎疾患を持っていたり、あるいは心がくじけやすい人などにとって、かなりの肉体的、精神的な負担となるだろう。

また逆説的にいって、そろそろ寿命が尽きるという運命の人が、連れ合いや子供たちにちゃんとした家を残すために、本能的に新居を作っているのだという話もある。

一方で、オカルト的な解釈ならいろいろできる。

我が家も竣工前に地鎮祭を行った。

これはその土地の神様に、「ここに住まわせていただきます」という挨拶のようなもの。

私は特定の宗教の信者ではないが、なんとなく神様の存在は感じる。山に行けば山の神がいるし、川に行けば川の神様。もちろん家のトイレや風呂場にも。

だから手を合わせる。感謝する。

我が家の隣には、ずっと古くから別荘を建てて横浜から通ってこられるご夫婦がいた。

その別荘は昔、流行した廃材利用——それも鉄道の枕木を使って壁を作ったもので、こぢんまりとしていつつも、特徴的でカッコイイ建物だった。ところがやはり枕木というのは防腐剤であるタールを大量にしみこませてあるものだから、それが何十年経っても抜けない。

あの独特の臭いの中で暮らすのはつらすぎる。

そういうわけで、ある年、ご夫婦はその別荘を解体し、まったく新しい北欧風の可愛い建物を建築された。旧宅の壁に使っていた枕木は庭の階段としてリユースされていた。

ところがその別荘が竣工してまもなく、ご主人の持病だったヘルニアが悪化し、足の感覚がなくなり、車の運転ができなくなってしまった。そうなると、横浜からこの別荘に通ってくることが難しくなる。

当初は列車やバスを乗り継いで来られていたが、ご高齢ということもあって、けっきょく建てたばかりの別荘を売りに出すことになってしまった。

さぞかし悔しく、残念だったろう。

さいわいそのご夫婦は、今も横浜で元気に暮らしておられる。

我が家に関して、とくに家族に関していえば、不幸と呼べるものはなかった。しかし、自分の周囲に凶事がいくつかあった。

まず施工後まもなく、設計士さんが突然、亡くなった。たしかまだ五十代ぐらいだったはずだ。

次に、我が家に関わった建築士が二名、大きな怪我をしたり、重篤な病気にかかったりした。デッキの拡張工事をやってくれた大工さんも亡くなってしまった。

こうも凶事が続くと、やっぱり新居を建てると不幸があるという話、あながち迷信だとは思えなくなってきた。

さて、ではどうして私と家族が無事だったのか。

実は秘訣《ひけつ》がある。

竣工前にログビルダー氏にお願いしておいたのだ。

――最後まで仕上げず、どこか一部を未完成のままにしてください。

さすがに彼は驚いていたが、事情を話すとわかってくれたようだ。

だから我が家のログハウスは、ある部分を切り残してある。すなわち、我が家はいまだに、完成していないのである。

家を建てると不幸がある。

だったら、それを防ぐためにはずっと未完成のままでいればいい。

むろん頓智に近いネタではあるが。

第三章　薪ストーブの話

これまでも再三にわたって薪ストーブのことを書いてきた。

前章ですべてを書いても良かったが、あまりにも重要なアイテムだし、今や我が家の冬場の生活の中心といってもいい。ゆえに独立した章で扱わせていただくこととした。

結論からいおう。

薪ストーブを導入して大正解だった。もはや二度と、化石燃料の暖房には戻れない。

薪ストーブとは？

我が家を訪れるお客さんが居間にある薪ストーブを見て、「かっこいい暖炉ですねえ」とおっしゃることがある。

実は暖炉と薪ストーブはまるで違うものだ。

暖炉は壁にうがたれた穴を炉にし、主に耐火レンガや石材を使って作られる。いわば家屋の一部というべきものだ。排煙は薪ストーブ同様、屋外に突き出した煙突によって行うが、実のところ暖房効果は低く、暖気のほとんどが煙突から屋外に排出される。どちらかといえばインテリアとしての意味合いが大きい。

我が家の薪ストーブ

たしかに家の中で焚火ができるというのは魅力的だと思うが。

一方、薪ストーブは基本的に家屋から独立していて、鋳鉄などで作られている。

その中で火を焚いて、ストーブそのものを熱して暖房にする。分厚い鋳鉄が高温になるため、遠赤外線効果が生じ、体が中から温まる。まるで温泉に浸かったみたいに、いつまでも暖かさが残るのである。

この独特の暖かさは、他の暖房器具には絶対にないもの。

見た目がスタイリッシュなだけではなく、すなわち実用的なのだ。

ただし、石油ストーブやファンヒーター、エアコンのように、スイッチひとつで部屋が暖まるわけではない。最初に新聞紙や着火剤を入れて火を点け、小枝を載せ、だんだんと太い薪を燃やしていくというプロセスを経ないといけない。消火の際もポンと火が消えるわけではないから、吸気口を閉じて自然に炎が収まるのを待つしかない。

こんなふうに何かと手間がかかるところが欠点かもしれない。

薪ストーブに関する法律や注意事項

薪ストーブの設置と使用に関しては建築基準法によって「内装制限」および「煙突に関する規制」のふたつの縛りがある。欧米では排煙についてうるさく規定があるようだが、日本においては今のところ存在しない。

「内装制限」は防火対策である。薪ストーブ設置にあたっては炉台や周囲の壁などに不燃材料、準不燃材料あるいは特定不燃材料を使用しなければならない。すなわちコンクリやレンガ、金属板や天然石などである。

また、ストーブ本体の大きさによって最寄りの壁からの距離も細かく規定がある。

「煙突に関する規制」だが、まず屋根面からの垂直距離が六十センチ以上なければならない。他に軒からの高さ、煙突自体の壁からの距離も、定められた法令を遵守しなければならない。

薪ストーブに使用する煙突は特殊なものになる。

ストーブ本体から出る部分はともかく、床や壁、屋根を貫通する部分は最低でも二重煙突にしなければならない。煙突自体がかなり高温になるため、火災の原因となるからだ。シングル煙突だと熱が建築材に伝わるだけでなく、外気にさらされると排気や煙が内部で冷え、タールとなって煙突内に付着しやすくなる。そのタールがある程度、分厚くなると、そこに火が点いて煙道火災が発生することがある。この火災については後述する。

周囲の不燃材も、耐火レンガのようなしっかりしたものを使う。

それから——。

とくに法律ではないが、周囲の住民への配慮はとくに必要だ。

ポツンと建つ一軒家ならともかく、近隣に家がある場合は、薪ストーブの設置前に挨拶ぐらいはしておいたほうがいい。煙の臭いで迷惑をかけたり、煤《すす》が飛んでくるので洗濯物を干せなくなったなどという事例もよく聞く。

そんなことで裁判沙汰にでもなったら悲惨もいいところだ。

薪ストーブはエゴロジー？

化石燃料ではなく、間伐材や伐採木を燃料として使うから、薪ストーブはエコロジーだという人がいる。

とんでもない誤解である。

たしかにやりようによってはエコな使い方はできるだろう。たとえば、木を切るのはノコギリや斧を使う。倒した木を枝打ちして玉切りにし、それを運ぶのも一輪車などの人力。さらに薪にするにも斧だけを使う。

それなら純粋にエコロジーだといえる。

そんな人がもしかしたらどこかにいるかもしれないが、少なくとも自分の周囲にそんな薪ストーブオーナーは存在しない。チェンソーを使い、軽トラなどの車で自宅に運んでくるし、我が家のようにエンジン式の薪割り機を常用する人も少なくない。

つまり薪ストーブは、化石燃料であるガソリンを薪という形の燃料に変えて使用しているだけのものなのだ。いってしまえば自己満足の世界に近い。

だから私は「薪ストーブはエコロジーではなくエゴロジー」だと公言する。

それでいてやめられないのは、やはり手間暇がかかってもこの独特の暖かさ——ということに尽きる。初めに書いたように、一度、薪ストーブの恩恵を受けたら、二度と化石燃料の暖房には戻れないのである。

それでも地球に優しい

薪作りという作業には、ガソリンという燃料がどうしても必要になる。

太さ三十センチの丸太をノコギリで切れば、木の堅さにもよるが、早くても十五分はかかるだろう。それがチェンソーなら十秒ぐらいだ。山で切り出した丸太や玉切りを人力で運ぶのは重労働すぎる。しかし軽トラックがあれば、一度に大量に積めて、時速五、六十キロで我が家に戻れる。

そんなふうに化石燃料を燃焼させて、地球温暖化を促進させながら便利さを享受しつつも、それでも地球に優しいといっていいのが薪ストーブ。

たとえば森を活性化させるのに間伐は必要で、その伐り倒された木材を燃料にして有効利用するのである。むろん木材はパルプの原料になったり、建築材になったりするが、とりわけ私人である地主が自主的に伐り倒した木は、その場に放置されるケースが多い。そのまま朽ち果ててしまうのである。

だったら、せっかくだからそれを薪にして使おうと考える。

薪ストーブは薪を燃やすわけだから、二酸化炭素が発生してしまうし、ちっとも地球に優しくないじゃない？　そう思っている人もいるが、実は大きな誤解である。木というものは自然に腐らせても二酸化炭素が発生する。燃やして発生する二酸化炭素はほぼ同量なのだ。

だったら燃料になって、我が家を暖めてくれるほうがいい。

いわゆる廃材の有効活用ということだ。

そもそも木を燃やして暖を取るという行為は、人類が太古の昔からしてきたこと。薪ストーブはその発展型である。灯油やガスといった化石燃料や電気を使った暖房が一般に使われるようになったのは、おそらく昭和に入ってからのことだろう。どれも薪に比べると、歴史のない暖房ツールなのだ。

薪ストーブから出た灰を畑に撒《ま》けば、いい肥料になる。灰はアルカリ性であり、カルシウムやカリウム、他に多くのミネラルを含んでいるからだ。

硬く凍り付いてアイスバーンとなった雪も、灰をかけてやれば早く溶ける。つまり融雪剤となるのだ。

他にもアイデア次第で灰の使い道はいくらでもあるだろう。

そんなわけで薪ストーブはエゴ——自己満足だけではなく、ちゃんと環境保全にも役立っている。

薪ストーブの基本

薪ストーブは家の一部である暖炉とは違い、炉台の上に安置された筐体の中で火を燃やすものだ。

薪ストーブの筐体から放たれる輻射熱は波長の長い遠赤外線なので、体の芯から温まり、ひいては家屋自体を暖めて、家の構造体そのものを暖房器具としてしまう。

ゆえに炉内の火が落ちても、しばらく屋内は暖かい。夜中にストーブが消えても、朝までポカポカと快適に眠っていられる。

温度の調整は石油やガスストーブのようにワンタッチにはできないが、吸気口を開いたり、絞ったりすることである程度可能となる。

かたちはさまざまで、四角や丸、三角など。材質は鋳鉄、鋼板、セラミックやソープストーンという天然石でできたものもある。

日本に昔からあったダルマストーブや時計型ストーブも、ある種の簡易な薪ストーブだといっていいだろう。

燃焼方式は三通り。

輻射式は本体自体が発する熱が部屋を暖める。対流式は本体内部に暖気を循環させるスペースがあり、それを内部の火で暖めて外に噴き出す仕組みになっている。

双方を兼用した複合式ストーブも多い。

三つ目は暖炉式。これは文字通り暖炉を独立させたものだから、熱効果はさほどではないが、やはりインテリアとしての価値が大きい。

燃焼に関するもうひとつの特徴として、欧米の厳しい排ガス規制によって作られた、特殊な燃焼方式を採用していることが挙げられる。

触媒や二気室などを利用した二次燃焼がそれである。

日本では薪ストーブの煙に関する排ガス規制はないが、このシステムのおかげで薪の消費量を抑えることができる。

我が家に設置したダッチウエスト社のラージコンベクションヒーターは、あちこちでよく見かける、いわばベストセラーだが、内部に組み込まれたキャタリティックコンバスターと呼ばれる触媒を使用して二次燃焼を発生させる仕組みで、少ない薪で最大限の熱を発生させてくれる。すなわち燃費がいいのである。

側面のレバーを使って、内部のダンパーを開け閉めし、焚き始めは煙を煙突にストレートに送り込むが、ある程度、温度が上昇してくるとダンパーを閉じて、二次燃焼させるようになっている。

薪ストーブの値段は十万円以下から、高いものは百万円以上するが、雑誌でよく見る薪ストーブは、だいたい三十万から五十万円程度だ。

ただし、それだけではすまない。薪ストーブは二重煙突や三重煙突という特殊な煙突が必要となる。その工事費用が四十万円ぐらい。さらに炉台と遮熱壁に十万から二十万円ぐらい。だいたい百万円前後はかかると思ったほうがいい。

決して安くはない買い物である。

また重量のこともある。

一般の薪ストーブはそれ自体が二百キロの重さがある。そこにくわえて、仮にレンガの炉台を使うとして、レンガ百五十本以上と目地のモルタルの重量を合わせると五百キロ以上。さらに煙突が十キロ前後。燃やすための薪が二十キロぐらい。

まあ、だいたい八百キロの重量が常時床にかかると思ったほうがいい。すなわち——根太《ねだ》や大引といった床を保持する角材も、よほど太くて頑丈なものにしなければならないため、ツーバイフォーのような貧弱な材を床根太にした家屋では、とてもじゃないが薪ストーブを設置することはできない。

薪ストーブの発展型で、クッキングストーブというものがある。

これはつまり名前の通り、グリルやオーブンがついた料理のための薪ストーブである。

我が家や周囲にこのストーブを設置した例がないため、詳しくは書けないが、よく電気釜よりも直火で炊いたご飯のほうが旨いといわれるように、クッキングストーブを使った料理はさぞかし美味しいだろうと想像する。

薪ストーブの一日

標高七百六十メートルの高原にある我が家において、一年のうち、だいたい十月半ば頃から翌年の四月半ば頃までが、薪ストーブの運転シーズンとなる。

基本的に夕方から夜にかけて焚き始め、夜中まで火を燃やす。日中は暖かいので床暖房だけで充分だ。

ただし天気が悪い日や、厳冬期などは、一日じゅう焚いていることもある。

朝、起床すると、まずストーブの灰を捨てる。

夜通し燃えた薪ストーブの炉内には灰が残っている。炉床にはスリットがあり、燃えた灰は下の灰受け皿に落ちるが、いつまでも皿に放置すると、いっぱいにたまって空気の流入が悪くなったりするから、定期的に捨てるべきだ。

灰受け皿は鉄製で熱いため、専用の革手袋を使わねばならない。しかもまだ熾《おき》が残って赤々と光っていたりすることもあるため、直接、畑に撒いたりしてはならない。いったん金属製のバケツなどに入れて、最低二十四時間、できれば四十八時間は経過させ、完全に冷ましてから捨てるべきである。

話を戻すが、期間中は薪ストーブの炉床に二センチ程度の厚さの灰を残しておく。毎回、完全に掃除していたときもあったが、やはり炉床を傷めやすいそうだ。また、灰を残すことによって火鉢のように火保ちをよくし、次回の着火がしやすくなる。

灰の処理が終わると、耐熱ガラスを掃除する。

薪ストーブ専用のガラスクリーナーがあるが、そんなものを買わなくても、古い雑巾などを少し水に濡らし、炉内の灰をつけてゴシゴシこすってやれば、ガラスを汚した煤がきれいにとれる。ただし灰に砂粒などが混じっていないか、よく確かめることが重要だ。さもないとせっかくのガラスが傷だらけになってしまう。

それが終わると、薪棚から薪を屋内に運んでくる。

薪の大きさは三種類。火付けのときは細い薪、燃え始めると中ぐらい、炎が安定すると太薪というふうに使い分けるためだ。さらに着火用の小枝なども用意しておく。

まとまった雪が降る予報があるときなどは、余分に薪を運び込んでおく必要がある。

一日、気温が低かったり、曇りや雨、雪の日は、そのまま熾から火をおこして連続運転するが、ふつうはストーブを休ませる。

部屋の乾燥を防ぐため、薬缶かスチーマーをストーブの上に置いて蒸気を発生させる。朝になるまでにお湯が蒸発し、ミネラル分が濃くなって白濁しているので流しに捨てる。

ダンパーは開けたままにする。たまに煙突内部のタールがパラパラと落ちてくるので、炉床に落ちるようにするためだ。ダンパーを閉めていると、それが二次燃焼室のほうに溜まってしまう。

夕方から夜にかけて外気温が下がり、十度以下になる頃に、また薪ストーブに着火。

火の付け方は人それぞれだ。新聞紙を丸めて、その上に小枝を載せ、さらに細枝、中ぐらいの太さの枝とだんだんに重ねていき、しかるのちに最下段の新聞紙に着火すれば、手っ取り早く火が点く。

着火剤を使ってもいい。

私はまず、着火剤に火を点け、小枝を少しずつ差し渡していき、だんだんと太い枝を載せていく方法が好きだ。焚火の着火の仕方と同じだからである。これだと手間はかかるが、焚き付け用の小枝をあまり使わずにすむ。

燃え始めは炉内の温度が低いため、ダンパーを開けておく。

煙はダイレクトに煙突から外に出るから、気流ができて、炎が大きくなりやすい。また、空気の流入も活発なため、どんどん火が大きくなる。

フイゴを使う人もいるが、灰が舞い散るのであまりお勧めできない。

薪ストーブは灰受け皿のゲートを開けたり、正面のガラス扉をわずかに開けたりすると、強い風が外から炉内に入るため、フイゴの役割をする。ゴオッと音を立てて火床が赤々と熾《おこ》り、一気に薪が燃えてくれる。

そうしてストーブの温度が二百度を超える頃に、ようやくダンパーを閉める。

炎と燃焼ガスは二次燃焼室に向かい、あるいは火室の別の場所で二次燃焼をし、排気をクリーンにして煙突から排出する。

こうして薪ストーブの通常運転が始まるのである。

次の薪を入れるタイミングはけっこう難しい。こればかりは馴れるしかないが、ストーブ炉内の温度は、炎が立ち上がっているときよりも、熾の状態のときのほうが高いということを頭に入れておく。

したがって、まだ燃えさかっているときに薪を追加するよりも、炎が落ちて熾になったときに入れるほうが効率的である。そのタイミングを覚えることだ。

炉内の温度は薪の量のみならず、燃やす木の種類でも違ってくる。

脂を多く含んだ針葉樹はすぐに温度が高くなるが、あっという間に燃え尽きる。そのため針葉樹だけを薪燃料として使うのは難しいし、タール発生の原因にもなるため、あまりお勧めできない。できればよく乾いた広葉樹が理想的。松やヒノキといった針葉樹は、火力が必要な焚き始めのときにこそ役立つものだ。

運転中は常に温度計を見ておくのを忘れずに。

温度が低いとやはりタールが発生して、煙突内部に溜まっていく。逆に温度が高すぎると、ストーブ本体を傷めてしまい、寿命を短くしたり、下手をすると破損の原因となる。

どのストーブにも適度な温度というのがあって、表面温度でいえば二百から三百度。

本来ならば炉内でガスが再燃焼するためには五百度以上なければならないが、薪ストーブの触媒や二次燃焼システムによって、二百五十度ぐらいあれば再燃焼が発生する仕組みになっている。

突然、ストーブの吸気口などから異音がして、焦げ臭い煙が噴き出し、びっくりすることがある。

バックパフという現象である。

炉内で激しく薪が燃えているとき、吸気口を塞ぐと、よくそれが起きる。つまり酸素不足が原因だ。乾燥しきっていない薪を焚くのが原因になることもある。

ガラス越しに中を見ると、炎が生き物のように躍っているから、バックパフが起きることは事前にわかる。その場合は、ダンパーを開けて内部の熱を煙突から逃がしてやる。

このバックパフは別にストーブの故障ではないので、あわてないことだ。独特の焦げ臭い煙は不快だが、それもこれも薪ストーブの生活である。

そして夜。

就寝前になると、室温が適度に保てていたら、そのままにしておけば、少しずつ自然鎮火していってくれる。

翌朝が冷え込むようだったら、火の勢いを確認し、太い薪を炉内に入れて、吸気口を絞っておく。そうすれば朝までゆっくりと時間をかけて燃えてくれる。ただし、それをするとタールが発生しやすく、せっかくの耐熱ガラスが翌朝になって真っ黒になっていたりするから、そのたびにガラスをクリーニングする必要があるが——。

薪について

樹木は大まかに分けて、針葉樹と広葉樹があるのはご存じだろうと思う。

針葉樹は杉やヒノキや松類。基本的に冬も葉を落とさない常緑樹だが、中にはカラマツのように落葉するものもある。歪みが少ないため、建築材に向くが、ヤニや脂を含んでいるため、燃えやすく、独特の匂いがする。

広葉樹はいわば落葉樹で、冬になる前にすべての葉を落とす（春まで枯れ葉をつけている例外の樹種もあるが）。まっすぐ立たず、気まぐれに曲がったり、ねじれたりして生長するから、建築材にはとても向かない。

薪ストーブの燃料である薪には、やはり広葉樹が理想的だ。

いちばん人気なのはナラとクヌギ、ヤマザクラも良好な薪として知られている。いずれも火保ちがよく、燃やすといい匂いがする（だからそれらは燻製のチップにもなる）。ただしいずれも乾燥に時間がかかるのが欠点。

あとは雑木といわれる類い。

クリ、ニセアカシア、リョウブ、ホオノキ、ケヤキ、エノキなど。

それぞれ燃えると爆《は》ぜやすかったり、煙が臭かったりと、いろいろ癖がある。

薪は買うものだと思っている人がいるが、それは最後の手段だといいきっている。たとえば束で売られている薪は、ホームセンターなんかだとひと束が六百円ぐらいする。これを一日に最低、三束ぐらいは燃やすから、一日の暖房費が千八百円にもなる。

石油ファンヒーターなら、大型のものでも電気代と灯油コストとの合計が六百円ぐらいですむから、なんと三倍。えらい出費である。

というわけで、よほど財力に余裕があるならともかく、薪ストーブの薪は買ってはならないというのがセオリーである。

では、どうするかというと、薪は極力、無料で手に入れる。

つまるところ、経験や頭の使い方次第なのだ。

個人が所有する山林の間伐や、庭木の伐採などで出たものをいただいてくる。地主さんは邪魔な倒木が片付くと喜んでくださる。

車で走っていて、チェンソーの音がすると、そこに行って状況を把握する。伐採業者であれば、依頼人のことを聞き出す。地主本人が伐っているなら手っ取り早い。

「もし、よろしければ、その木を薪にしたいのでお譲りいただけませんか?」と、あくまでも低姿勢でいう。「いいよ。持っていってくれたら、こっちも助かるよ」と返事が来ればしめたものだ。

原木を引き取りにいくとき、酒の一本とか菓子折でもお持ちすれば、なおいいだろう。

地域住民から、「今度、うちの地区で電気柵を作るんで、林を広範囲に伐木したんだ。いっぱい木が倒してあるから持っていってよ」なんていわれることもある。それは願ってもないチャンスだ。

また、市町村のホームページなどで、よく河川の伐木を無料配布しますという情報があったりする。引き取りの日にちや配布の本数(軽トラ一回ぶんなど)、小枝もすべて持っていってくださいなどの条件がつくこともあるが、こういうのもありがたいものだ。

ただしこの無料配布。最近は薪ストーブオーナーが増えたのか、早い者勝ちになることが多い。解禁の日、スタートの時間に行ってみたら、すべて消えていたという驚くべき経験もある。前倒しで持っていったんだろうけど、いくら何でもそれはルール違反。

昔は電力会社の下請け業者が、たとえば電線、架線にかかる樹木を伐採したあと、その木を無料でくれたりしたものだが、最近は「作業報告のために伐採木を持ち帰る必要がある」とかで、まったく譲ってくれなくなった。

もしも購入するとしたら、束にしたものでなく、できれば原木のかたちで買いたい。薪の束を買うよりもだいぶ安くすむ。それでもたとえばナラの原木を軽トラの荷台いっぱいに持ってきてもらうと、だいたい一万から一万五千円ぐらいはかかってしまう。

日照などの条件にもよるが、よく、ひと冬で四トンの薪を消費するという。

軽トラの最大積載量が三百五十キロ。どれだけ高い買い物か、それでわかると思う。

やはり薪は買わずにすませたほうがいい。

いちばんの理想は山に土地を買い、薪のために伐採しては植林をするというサイクルを作ることだろう。もっとも広葉樹はいっぱしの大きさになるまで十年以上かかるし、よほどの広域私有地を持たないとならないことになる。

チェンソーで原木を玉切りにする

薪を作る、薪を貯める

原木を我が家に持ち帰ると、とりあえず安心する。

伐採現場とか、よそにあったものを、自分の家の敷地に運び込んでおくことは、それ自体が我が家の所有物になるということだからだ。

生木であれば半年でも一年でも放置していいが、ある程度、乾いたり腐食が始まっていると、なるべくすみやかに薪にしなければならない。

雨風に打たれ、日光にさらされると、どんどん薪としての価値はなくなっていく。

持ち帰った原木はストーブに入る大きさに玉切りにする。

いまどき、手引きのノコギリを使う人はまずいないと思う。

もちろんチェンソーである。

これに関しては、次で語るが、事故で怪我をしないように気をつけて、作業を続ける。

四十から五十センチ。その長さで原木を切っていく。それを玉切りという。

すべてを玉切りにし終えたら、次は薪割りをする。

ツールは斧だ。

大きめの丸太で土台を作り、そこに玉切りを立てて載せ、斧で割る。

斧はいくつか持っているが、スウェーデンのグレンスフォシュというメーカーの斧は素晴らしい。デザインがよくて握りやすい上、斧と柄のバランスがよく考えられているために使いやすく、疲れにくい。切れ味も抜群である。

本体すべてがスチールでできている無骨な斧もある。たしかに破壊力は抜群だが、何しろ重たいのが欠点。

グレンスフォシュ社の斧

風呂の焚き付け同様、斧の使い方は子供の頃、父から習っていた。それが今になって役に立った。

移住した当初、この薪割りの時間は本当に充実したひとときだった。斧をふるい、汗を掻き、ひとつまたひとつと玉切りを割って薪にしていく。素性が悪く、いくら斧を落としても割れない木もある。だから年輪を見て木目を推理する。どこにどういう角度で斧を落としたら割れるか。そんな努力の末、きれいに左右に割れたときの満足感といったらない。

これぞ田舎暮らしの醍醐味だと思った。

ところが――

何年かそれを繰り返しているうちに、だんだんとつらくなってきた。

正直なところ、薪割りが本当に楽しかったのは、たぶん最初の二年ぐらい。それがたんなる苦役に思えてくる。重たい斧をふるい、堅い木にガツンとやる。うまく割れなければ斧が弾かれ、跳ね返ってくることもある。

そんな作業を続けていくにつれ、だんだん手首を痛めてきた。肩こりもひどい。湿布を貼り、なんとか日々の薪割りを続行するが、このままだときっと腱鞘炎などの症状が出てくるだろう。

そんなとき、たまたままとまった資金が転がり込んできた。

〈約束の地〉という長編小説で大藪春彦賞をいただいたときの副賞だった。

ここぞとばかりに薪割り機を購入した。

昔からホームセンターなどに行くたび、店内に並んでいる薪割り機は垂涎《すいぜん》の的だった。

電動式、エンジン式、いろいろあった。安いものだとパワーが足りず、樹種や木の状態によっては割れないことがあるらしい。どうせなら少しお金がかかってもいいから、強力なものを買おうと思っていた。

近所に住む友人が農耕具や生活用品の輸入代理をしていたのでお願いした。

Ｗさんといって、車のレストアを扱うカー雑誌のライターとして有名な人だ。今はもっぱら自給自足をテーマに家族で暮らし、〈虫草農園〉という名で無農薬野菜などを作っている。

そのＷさんが薦めてくれたのは、ＢＲＡＶＥというアメリカの会社の製品、ＶＨ‐２２００ＧＣ。二十二トンという強力な油圧シリンダーを駆使するエンジン式のログスプリッターだ。

BRAVE 社の薪割り機

ホンダの４サイクルエンジンを使い、どんなに素性の悪い丸太も、力業で割れる——というか、試用させていただくと、薪を割るというよりも裂く感じである。

何よりもよかったのは、油圧シリンダーを回転させ、縦型にできること。

ふつう薪割り機は、玉切りにした丸太を抱えて本体の上に横たえねばならない。それに比べ、この縦型は、玉切りをシリンダーの真下に置きさえすればいい。レバーを下げると同時にシリンダーが動き、斧が下りてきて玉切りの丸太をあっさり割ってくれる。別の丸太を椅子代わりにして、そこに座って作業すれば楽だ。

そんなわけで、我が家にやってきた薪割り機。

それまで斧を使っていたときのように手首を痛めることもなく、薪割りができるようになった。作業速度も格段に向上した。

しかしながら贅沢をいわせてもらうと、強力なパワーで薪がどんどん割れるため、斧を使うときのような醍醐味がない。割れたときの達成感や高揚感がない。なんだか単純作業のようになってしまって、おもしろさがなくなってしまった。

最後に、薪をストックする話。

割った薪は、なるべく早いうちに薪棚に運んで並べておく。

乾燥しやすいように切り口を上にし、あまりぎっしりと詰まらないように、すなわち風通しを考えて薪をどんどん積み上げていく。

樹種にもよるが、割った薪はできれば一年。ナラやクヌギなどの詰まった木なら、一年半から二年は乾燥させたい。

しかし毎年、切羽詰まって薪作りをする我が家では、半年ぐらいの乾燥で燃やすことになってしまう。水分が抜けきらず、タールを作る原因となるし、熱量も上がらない。宝の持ち腐れという奴である。

薪棚いっぱいに積み上げられた薪は財産である。

たとえ銀行預金の残高が少なくとも、びっしりと積まれた薪を見ていると、充実感と自己満足に思わずニヤついてしまう。

チェンソーの話

薪ストーブオーナーにとって必需品といってもいいツールがチェンソー。

すべての薪をノコギリだけで作っている人が、もしかするとどこかにいるかもしれないが、それは例外中の例外といってもいい。

チェンソーもエンジン式と電動式がある。

電動チェンソーも近頃は高性能になり、とくに女性が使いやすいというので評判がいい。ハイスペックなものでは十八ボルトの充電式バッテリーを二本使い、合計三十六ボルトのハイパワーの機種がある。ただし値段はそれなりに高く、エンジン式の人気商品に匹敵するほどだ。

ハスクバーナ社のチェンソー。必需品の防振手袋とイアーマフ

しかしやっぱりというか、最終的にパワーではエンジン式に負ける。

ようは使い分ければいいだけの話。

細い丸太は電動で切り、あとに残った太切りはエンジン式を使うといった具合に。

我が家には三台のガソリンエンジンのチェンソーがある。

いずれもハスクバーナ（Husqvarna）というスウェーデンのメーカーで、同じエンジン関係のためか、オートバイでも有名なところだ。ドイツのスチール(STIHL)社と並んで日本でも人気機種となっている。

もちろんマキタやリョービなど国内メーカーのチェンソーだって性能的に遜色はないが、先の二社の製品はなんといってもデザインに特徴があり、それがベストセラーになった理由じゃないかと思う。

最初に購入したハスクバーナ１３６は、エンジンの排気量が三十六cc。重量が軽く、取り回しが利いたが、いかんせんパワーが足りなかった。

それで思い切ってハスクバーナのベストセラー商品である３４６ＸＰを購入した。排気量四十五cc。さすがに力が違う。これがメインの戦力となり、１３６はサブとして活躍することになった。

のちに隣人からハスクバーナ40をいただいた。これは文字通り四十ccの排気量で、１３６と３４６ＸＰの中間的な役割となる。すでに生産終了となった旧式の機種だが、時間をかけてメンテナンスをし、非常に調子よく動いてくれるようになった。

チェンソーの仕組みは、２サイクルのエンジンによってガイドバーの周囲に取り付けられたソーチェン——すなわちチェン刃を回転させる。アクセルは手元のハンドルにあり、握り込めば回転の速度が上がる。

始動と停止スイッチの形態や場所はメーカーによってさまざまだが、チョークレバーを引き、スターターを引いてエンジンを始動させ、回転が安定するとチョークを戻すという始動の仕方は刈払機のエンジンと同じ。

ガイドバーは何種類か長さがあって、それに従ってチェン刃も適合する直径が違ってくる。長いバーは大きな丸太を切るとき、短いバーは取り回しよく細い枝などを切るときに使う。

だから我が家の三つのハスクバーナには、二十インチ、十五インチ、十三インチと、それぞれ長さの違うバーが取り付けてある。

のちにハスクバーナ社は、ピクセルチェンという特殊なチェン刃を発売した。一般の刃よりもやや薄いタイプだ。当然、このチェンを使うガイドバーもピクセル専用となる。

バーの溝の幅をゲージというが、ノーマルは一・五ミリ。それがピクセルは一・三ミリ。たった二ミリの違いで性能に大きな差がある。使ってみて驚いたが、気持ちいいほど、スイスイと切れ込んで入っていく。

ピクセルチェンはそれ自体が軽いため、エンジンを始動したり吹かしたときの立ち上がりが速く、エンジンへの負担も軽い。

ただし強度的なウイークポイントがある。薄刃ということはねじれや衝撃に弱い。丸太を切断していて、丸太そのものが傾いでチェン刃を咬んで締め付けることがあるが、ああした事態にならないように注意を怠らないことだ。

チェンソーは我が家にある工具の中でも、電動丸ノコと並んでもっとも危険なものだ。

何しろ太い丸太をあっという間に切断できる破壊力だから、手元を誤ったら大怪我をする。だから細心の注意を払わなくてはならない。

チェンソーの事故でいちばん恐ろしいのが、キックバックという現象である。

ガイドバー先端の上部、ここが対象物に当たったとたん、回転するチェン刃がキャタピラのような駆動力を作り出し、一瞬にしてガイドバーが跳ね上がってくる。その反動はあまりに唐突で、しかもパワーがあり、それで重傷を負ったり、死亡事故もある。

そのため、チェンソーには持ち手の前部にハンドガードがついていて、ガイドバーが跳ね上がると同時にガードのロックが外れ、エンジンが停止する仕組みになっている。しかしそれでも事故は発生する。

チェンソーを使うときは、極力、ガイドバーの先端を何かに当てないように注意することだ。丸太の切断時に、ガイドバーが締め付けられたときや、重なり合った枝にチェンソーで切り込むときにも、キックバックが発生することがある。

我が家を建ててくれたログビルダー氏の友人は、山中に単独で作業中、このキックバックを起こして、顔面がズタズタになったそうだ。さいわい自力で下山できて、そのまま病院に駆け込んだというが――。

私はさいわい、この二十年でキックバックなどの事故を経験したことはない。

それは毎回、基本のきを守ってチェンソーを使っているからだと思う。

車の運転もそうだが、馴れたときがいちばん危ない。そのことを肝に銘じるべきだ。

チェンソーを使う際には、防振手袋を着用する。

今のチェンソーは振動防止装置が必ずついているため、昔のように白蝋病になるようなことはなくなったが、やはりそれでも駆動時はかなり揺れる、というか暴れる。切断の切り口から木っ端や土埃などが派手に舞い上がるため、ゴーグルやメッシュのフェイスガードを着用。できればヘルメットもかぶりたいところだ。

足元は鉄板入りの丈夫な作業用長靴がいい。

イアーマフも忘れずに。

チェンソーのほとんどは2サイクルエンジンだ。とりわけ四十cc以上の排気量のエンジンは、排気音が強烈で会話なんてとてもできないほどだ。実は使い始めた頃、耳を保護せずに作業をしていたため、鼓膜がすっかりダメージを受けたようで今でもちょっと難聴気味である。早いうちから耳をガードしておくべきだったと後悔している。

刃物の類いはすべてそうだが、使っているうちに刃が摩耗して切れなくなってくる。

チェンソーも丸太を何本も切断しているうちに、だんだんと切れ味が落ちてくる。また、石やコンクリなどにちょっと当たっただけで派手に火花が散り、チェン刃が曲がったり、なまったりして、まったく切れなくなる。

そのため、目立てという作業を行う。

チェン刃は右左と交互についている。まず右だけ、次に左だけというふうに片側ずつ丸ヤスリで削る。目立ての角度は機種などによって違うが、適正な角度でヤスリを当てると、チェン刃の上刃と横刃に当たって同時に削れる。

包丁などはいちいち研ぎ屋にまかせる人も多いが、チェンソーはそうはいかない。目立ての技術は経験によって磨かれる。最初はうまくいかないだろうが、だんだんと馴れていけばいい。

チェン刃にはすべての箇所にデプスゲージという突起がついている。これは丸太などの対象物に刃が切り込む深さを調整するものだ。

チェン刃をヤスリで削りすぎると、だんだん刃の高さが低くなっていくため、デプスゲージと刃の段差がなくなり、いくら目立てをやっても切れないということになる。そのため、ある程度、チェン刃が減ったら、デプスゲージを削って少しだけ高さを落としてやる。

そうして切れ味が戻ったチェンソーを使うのは気分がいい。

よく切れるときは、飛び散る木っ端が四角いからわかる。粉状の木っ端になったら、それはあまり切れていないという証拠。すぐにエンジンを止めて、目立てにかかる。

なお、チェン刃は駆動していないときも危険なので、革手袋は必ずつけて目立ての作業をすることだ。

チェンソーは薪作りだけに役に立つのではない。

嵐のあとの倒木を処理するときなどにも、これがあれば、わざわざ業者を呼ばなくてもいい。

薪ストーブは不便？

他のどの暖房器具よりも快適な暖かさ。それが薪ストーブ。

ただし、そこに至るまでには地道な努力と多大な労力が必要となる。コンセントに電源をつなぎ、ぽんとスイッチを入れたら作動するわけではないからだ。

しかしそこまでの努力や苦労があってあまりあるものが、薪ストーブの良さではないかと思う。そのため、いまさらながらもう石油ストーブには戻れない。どんなにたいへんでも、やはり来冬は薪ストーブを焚く生活をするだろう。

屋内で火を焚くのだから、もちろんリスクも大きい。

薪ストーブが原因の火災も毎年のように起こっている。いちばん顕著なのが前述した煙道火災。これは暖炉でも起こりうることだが、あまり乾いていない薪や、脂を多く含んだ針葉樹などを燃やすと煙突の内側にタールが溜まる。

たとえばダンパーを開閉すると、煙突の中でパラパラと音がすることがある。タールが溜まっている証拠だ。

とりわけ、クレオソートと呼ばれる粘度の高いタールが厄介で、温度が高いときは液体のようにだらだら流れたりするが、冷えるとカチカチに硬くなって、取り除くことも難しくなる。放置すると、その上からさらにクレオソートが付着し、煙突内部にどんどん厚く溜まっていく。

そしてあるとき、突然そこに火が点く。それが煙道火災である。始まると、煙突の中でジェット機のような音を立て火が燃える。ときには煙突そのものが真っ赤に熾ることがある。さぞかし恐ろしい光景だろう。

それはやがて周囲の建築材を熱して発火させ、家屋の全焼といった恐ろしい結果になる。

排水溝の詰まりをとる薬液があるように、煙突のタールを落とすクリーナーがある。パウダー状のもので、炉内の温度がいちばん高い熾の段階で使う。定期的に入れると、だいぶ効果が出てくる。

ただし、あくまでも応急処置なので、できれば少し気温の高い日に炉内が鎮火し、すっかり冷えるのを待ってから、煙突掃除をするべきだろう。

薪ストーブのネガティブな特徴としては、もうひとつ。

屋内の空気が極端に乾燥することだ。

家の中で焚火をしているようなものだから、それは仕方がないと思う。空気が乾燥すると風邪を引きやすい。田舎の小中学校などで、てきめんに風邪を引く子の家には薪ストーブがあるケースが多いという。

何しろ部屋の湿度が三十パーセントを切ることが珍しくないのだ。

だから加湿器を使う。それもひとつやふたつではなく複数。そうなるとまた電気代がかかってしまう。

超音波式やハイブリッドならともかく、煮沸式の加湿器なら、かなりのコストを覚悟しなければならない。しかも我が家のような井戸水使用の場合、内部にミネラル分が溜まってガチガチに固まってしまい、加湿器自体の寿命も短い。

そこまでしていくら加湿器で湿度を上げても、実は五十パーセントを超えることがなかなかかできない。だから家の中はずっと乾燥した状態にある。

利点がひとつ。洗濯物を屋内に干しておけば、あっという間に乾いてくれる。

薪を調達し、薪割りをして棚に積み上げ、そしてストーブで暖を取る。

すなわち薪ストーブは三度、体を温めてくれるという。

しかしそのためには、それなりの努力と手間が必要。そのことはしっかり自覚しておくべきである。

シーズン終了

桜の咲く季節になると、そろそろストーブを焚かない暖かな日が続いたりする。

そうしてゴールデンウィーク前にはシーズンが終了となる。

ストーブ回りの掃除をし、残った薪を片付ける。

できれば、この段階で耐熱ガラスをきれいに磨いたり、本体をクリーニングしたほうがいい。

我が家のダッチウエストは、キャタリティックコンバスターという触媒を使用しているが、シーズンが終わる頃には、蜂の巣のようなかたちをしたその装置が灰などで目詰まりしている。

　そのため、まず四カ所のスクリューを外して、重たい上蓋を取り去る。上蓋の裏側にも真っ黒なタールがびっしりとついている。

　コンバスターはセラミック製だ。少し前にステンレス製のものが発売されたが、やはりセラミックのほうが性能がいいように感じられる。

　それをゆっくりと外し、外のデッキに出て、無数の蜂の巣の孔に竹串を刺しては詰まりを解消する。それからカメラに使うブロアーで残った灰を吹き飛ばす。

　上蓋の裏側と、本体内部のタールは徹底的に掃除する。

　小型のクリーナーだとすぐゴミ袋がパンパンに膨らむので、何度となく外に出ては詰まったタールを捨てなければならない。

　コンバスターの周囲や、上蓋の裏側、そして各ドアの内側には、密閉とクッションを兼ねたガスケットというロープ状の素材が接着してある。それが熱で傷んだり、剥がれたりしている場合は専用の接着剤やセメントで補修する。

　ストーブの外側が色落ちしたり、汚れたりしているときは、スプレー塗料がある。

　炉内の灰は、オフシーズンはきれいにクリーニングするべきという説と、いや次のシーズンまで少し灰を溜めたままにしておくべきだという説がある。

前者は灰を残しておくと湿気を吸ってストーブが錆びてしまうからだという。一方で、後者は灰はアルカリ性なので、むしろストーブの酸化を防いでくれるという。

我が家はどちらかといえば「灰は残しておく」派なのだが、それは錆の問題ではなく、たんにずぼらなだけだということを白状しておく。

それから、煙突掃除。

これは次のシーズンスタート前にやることが多い。

屋根に登り、煙突のトップを外し、専用のワイヤーブラシを使う。

危険だからと業者に頼む人も多いが、やはりお金がかかる。私は屋根に登ることに不安はないし、高所恐怖症のくせしてなぜか高い場所が好きなので、脚立をかけてひょいひょいと登ってしまう。

ワイヤーブラシはネジ式の柄をいくつかつなぐわけだが、煙突トップとストーブ本体との距離によって柄の本数が違う。重要なのはネジを中途半端に締めないこと。ブラシ本体を煙突に通したまま、柄だけがすっぽり抜けてしまったら悲劇だ。

屋内のストーブ本体につないだ煙突も、できるかぎり短くして外しておく。

天井から突き出した煙突の下端には、大きなビニール袋などをかぶせて、ガムテープでぐるぐる巻きにする。ワイヤーブラシがこそぎ落としたタールが、そこに溜まるようにするのである。

ブラシを上から押し込むのはなかなか苦労する。

煙突がストーブから屋根の外まで直立していれば楽だが、少しでも曲がっていると、それだけ力がかかることになる。

壁に水平に出し、外でまっすぐ立ち上がるL字煙突は、さらに分解して掃除をしなければならないからたいへんだ。

煙突の外から押し込んだワイヤーブラシは、屋内の煙突の突端からすっぽり下に抜ける。その際、下端にガムテープで留めたビニール袋を勢いで突き破らないように気をつけねばならない。さもないと悲惨なことになる。

ワイヤーブラシが下まで届くと、屋内から回収することもできるが、私の場合は柄を引っ張って引き上げる。つまり煙突内部のタールをこそぎ落としたブラシを逆方向に引き抜くことで、さらに念入りにクリーニングするというわけだ。

しかしワイヤーブラシは押し込むよりも引き抜くほうが力が必要となる。

屋根の上で足を踏ん張り、腰を使って汗だくになって最後まで引っ張り終えないとならない。

それから煙突トップを元に戻す。

最後に、煙突上部の煙が出る穴やスリット部分に金網を巻き付ける。

これは重要な意味がある。

煙がもくもく出ているときはいいが、オフシーズンになって煙突が休みになると、たまに野鳥が入ってくるのである。

我が家の場合はなぜかスズメの場合が多い。

突然、煙突の中でバタバタという羽ばたきの音がするから、すぐにわかる。

かれらは垂直飛行ができないものだから、煙突内部に飛び込むと、そのまま下に落ちてしまい、あわてて飛び上がろうとして、二度、三度と、自らをもって煙突掃除をしてくれるわけだ。

ダンパーを開け、煙突と炉内を直結し、耐熱ガラスの扉を開いたとたん、真っ黒になった鳥が居間に飛び出してきて、掃き出し窓の内側に激突したりする。

煙突の中に巣をかけられたこともあるという話だから、鳥たちの目的はそういうことなのだろう。

逆に煙突トップに金網を巻き付けたまま忘れてしまい、次のシーズンで薪ストーブを焚き始めると、すぐに金網にタールが溜まって、煙の出が悪くなるから要注意だ。

薪ストーブの季節が終わったからと、のほほんとしていたら、あとがたいへんなことになる。できればオフシーズンも次の冬、あるいは二年後、三年後の薪を調達してこなければならない。

いつまでもさぼっていると、それこそアリとキリギリスの話のようになる。

第二部

これまでは夢を持つことや、自分の体験を通して、田舎暮らしのノウハウなどを書いてきた。「けっこうたいへんだなあ」と思われた方も多いだろう。しかし、前半で書いてきたそれらは、我が家の移住スタイルを中心に数々の事例を挙げたにすぎない。

ここから先が、実は本書の主軸となる。

というか、内容がガラリと変わる。

地方に移住した私と家族が体験した、あまりにもショッキングで異常な出来事。それをあらためて思い起こしながら書いていこうと思う。

この先、書いてあることは、あくまでも個人の経験談である。

しかしながら、まったく見知らぬ土地に移住して、新生活を始める。ということは、自分にとって想定外の、いろいろな出来事を体験することになるはずだ。

トラブルというのは招くのではなく、勝手に向こうからやってくる。

それを認めるか、反発するか。

あるいは馴れていくのか。それとも逃げ出すか。

その体験を薬とするか毒とするか、それはあなた次第である。
何しろ薬と毒は表裏一体なのだから。

第一章　狩猟問題

のっけから深刻な主題《テーマ》をお届けする。

田舎暮らしを始めてみて、最初のカルチャーショックがこれだった。

生活のすぐ傍で銃声が轟《とどろ》き、猟犬たちが荒々しく走り回る。

血まみれになったシカが突然、山から駆け下りてきて、我が家の庭を突っ切っていく。無愛想なハンターたちが、我が物顔で銃を担いで市街地やスクールゾーンを歩き回る。

都会にいた頃は予想だにしなかったことが、ここでは当たり前の出来事だった。

ここは十九世紀のアメリカ西部か！

あなたは銃口を向けられたことがあるだろうか？

実銃、それもこの国内においてである。

私は経験している。

そのときの顛末《てんまつ》をいまでもはっきりと憶えている。

その日、庭先で斧をふるって薪割りをしていた。

朝早くから近くで犬の声が聞こえたので、猟犬が近くにいるなと思っていた。手を休めているとき、視界の端にオレンジ色のものが見えたので振り向くと、そこに狩猟服姿のハンターがひとり立っていた。

こちらに背を向け、森のほうを見ている。

すると彼は、だしぬけに持っていた猟銃をかまえ、森に向けて発砲した。

銃声が轟いて耳をつんざいた。

最初は肝を冷やしたが、たちまち怒りがこみ上げてきた。

そこはまさに我が家の土地だった。

それでなくても、これほど家屋のすぐ近くで銃を発砲するなんてことが許されていいわけがない。少なくともこのハンターは、発砲地点から至近距離にある我が家に気づいていたはずである。

斧を放り出し、夢中で走っていた。

当人のところまで行くと、中年男のハンターが振り返った。オレンジと黄色のハンティングキャップをかぶり、迷彩柄のシャツにオレンジのベスト。地味な作業ズボンに長靴といったハンターの出で立ち。もちろん猟銃を持ったままだ。

周囲にはポインターだかセッターだかの、ブチ模様の猟犬が走り回っていた。

そこらにまだ発砲の硝煙が立ちこめ、火薬の燃焼臭が漂っている。

「あんた、ここで何やってんだ!」

怒声を放ったとたん、ハンターの表情が一変した。

——何やってるとはなんだ。狩猟行為だよ。

ハンターはふてぶてしい顔でそういった。

「ここはうちの土地だ。非常識にもほどがある!」

するとハンターはちらと我が家を見てからいった。

——何もあんたの家に向けて撃ったわけじゃないだろ? 法律違反じゃないからな。

一瞬、思考停止におちいったのを憶えている。

他人の土地に無許可で入ってきて狩猟を行い、家屋に向けて発砲しなければいいなんていう法律が、どこの世界にあるというのだろうか。

当然、口論となる。

こちらは非常識だと怒鳴り、向こうは当然のことだという。

警察を呼ぶぞといったが、あいにくと携帯電話は家に置いていた。

そのうちにだんだんハンターのいらだちがつのってくるのがわかった。言葉がどんどん乱暴になってゆく。彼の足元にやってきた猟犬が、こっちに向かって激しく吠えていた。

そのとき、ふと気づいた。

ハンターが持っている猟銃——おそらく口径十二ゲージの散弾であろう——の筒先がこちらを向いていたのだ。

その大きな銃口を見て、思わず言葉を失った。総毛立っていた。

ハンターの人差し指がトリガーにかかっていたかどうかは憶えていないが、銃口を向けられたのは間違いない事実だ。それもたまたま向いたのではなく、明らかに腰だめのスタイルで銃をかまえていたのである。

私は硬直したまま、ハンターの銃口を凝視していた。

ようやくそのことに気づいたらしく、ハンターは知らん顔で銃をスリングで肩掛けした。

――ここはもともと俺らの猟場だ。そんなところに家を建てるほうが悪いんだよ。

そう、捨て科白《ぜりふ》をいうと、ハンターはその場に唾を吐いてから、踵《きびす》を返した。そうして猟犬を従えて藪の中へと入り、見えなくなった。

私は硬直して立ち尽くしていた。

正直、かなりビビっていた。きっと脚が震えていたはずだ。

当時、まだ四十そこそこで、そんなトラブルの経験もなく、また知識もなかった。ただ、今にして思えば恐怖というものが最初は心を麻痺させるということ。あとになって〝事実〟を思い起こすと、あらためて自分の身に起こったことの恐ろしさがわかってくる。

本来ならば、その場で一一〇番通報するべきだった。

そのことに気づいたのは、放心状態で家に戻ってしばらく経ってからのことだ。他人に銃口を向けることがどれほど犯罪的な行為か、おそらくそれをやった本人も、向けられた自分すらもわかっていなかったのだろう。

このときの様子をビデオ撮影でもしていて、それをもとに警察が捜査をしたならば、ハンター本人は狩猟免許取り上げどころか、逮捕され、銃刀法違反や脅迫などの罪で刑務所送りとなっていただろう。

のちに書いた長編小説『約束の地』の冒頭、庭先で狩猟行為をされて抗議に出て行ったペンションのオーナーが、逆ギレしたハンターに撃たれて即死するというショッキングな場面がある。もちろん、このときの経験をもとに書いたのである。

私自身もまかり間違っていたら、散弾で頭を吹き飛ばされていたかもしれない。

そうなったら、撃った本人は警察に自首しただろうか。もしかすると、何事もなかったかのように、その場を立ち去っていたかもしれない。

繰り返しいうが、これは日本国内、それも今世紀になって起こったことだ。

西部劇やギャング映画なら当たり前のことが、現実にあった。こともあろうに我が家の目の前であった。

田舎の田園地帯はハンター天国

都会で暮らしていたときは想像もつかなかった事実。

すなわち狩猟というものが、田舎においては当たり前のように身近に存在する。そのことでどんなトラブルが発生するか、当初は予想することすらできなかった。

最初に気づいたのは、まだ自宅が竣工する前だった。

仮住まいの借家から、ちょくちょく我が家の建築現場を見に行った。季節が冬になり、ちょうど狩猟シーズンにさしかかったのだろう。

車で山道を登っていると、うちの土地から二百メートルばかり下の曲がり角で、オレンジ色の服を着た男が木立の間に入っていくのを目撃した。

猟銃を手にしていたのをちらりと見たので、ハンターだとわかった。

少しギョッとしたのだが、そのときは狩猟者がその場所から入山して、ずっと山奥で猟をするのだろうと勝手に思っていた。

ところがこの土地に暮らし始め、すぐ近くで銃声が聞こえるようになった。

のみならず、狩猟服姿のハンターが単独やグループで家の周りに出没するのである。

猟犬が庭先を走り回ることもある。

一度は血まみれのシカが我が家の裏山から駆け下りてきて、庭先を通過していったのを目撃したことがある。おそらくハンターの銃弾を受けて、いわゆる〝半矢の状態〟のまま逃走していたのだろう。

そのあと、二頭の猟犬がシカのあとを追いかけていった。

外に出てみると、褐色の血の跡が点々と庭先に落ちていた。

当時、山梨県の狩猟シーズンは十一月十五日から翌年二月十五日まで（現在はニホンジカとイノシシに限り三月十五日まで延長になっている）。その間、ことに土日祝日はさかんに銃声が轟き、犬の声が聞こえてくる。見知らぬ大型バンやピックアップトラック、軽トラが家のすぐ近くに停まっていて、決まって無線アンテナをルーフに立てている。荷台には猟犬のケージが積まれている。

ナンバーは県内、県外さまざまだ。

我が家の前の道を猟銃を手にした男たちがぞろぞろ歩き、行ったり来たり。

裏山に入れば、いきなりハンターグループに出くわす。「ここは猟場だから入ってくるな」と当然のようにいわれては、すごすごと引き返すしかない。しかしよく考えてみれば地主であればともかく、その山は彼らのものではない。勝手に猟場と決められ、縄張りにされているのである。

子供たちと里を散歩していても、彼らの姿を見かける。

今でこそ、大規模圃《ほ》場《じょう》整備ですっかり様相が変わってしまったが、当時、我が家がある地区は雑木林と深い藪が入り組んだ土地で、かなり荒れ果てていた。そのためシカ、イノシシといった野生動物や、キジ、ヤマドリなどの野鳥が多く生息していた。それを狙って出没するハンターが、当たり前のように里に見られた。

地元の小中学校の近くでは、通学路の看板の下に『発砲注意』と書かれた看板がかかっていて唖然《あぜん》としたものだ。

行政はいったい何を考えているのだろうか？

彼らの多くは猟銃をケースに入れず、むき出しのままで公道を歩いていた。それもスリングで肩掛けスタイルならともかく、横抱きにしたり、映画〈エデンの東〉のジェームズ・ディーンよろしく首の後ろに水平に猟銃を載せ、銃身と台尻に両手をかけて、カッコつけながら練り歩いている者がいた。

本来、獲物を発見するまで、銃の弾倉および薬室から実包を抜いておかねばならないはずなのに、弾丸を装填した銃を持ち歩いているハンターも多くいた。話し合いの際、「もしや弾丸《タマ》込めしたままではありませんか？」と問うと、いやな顔をして弾倉から弾丸を抜くのである。

まさにこれ見よがしという言葉がピッタリだった。

自分たちがカッコイイと思い、その姿を周囲に見せたいのだろうか。

黙って捨て置くわけにはいかなかった。

銃声がしたり、家の前に車を停められると、そのたびに出て行き、「もっと山奥でやってくれませんか」と声をかける。

ところがジェントルに対応してくるハンターはまれだった。たいていの狩猟者はむっつり顔でいいわけを返す。中には逆ギレしたり、ヤクザまがいの汚言を飛ばしてくる者もいる。

そうなると最後はお互いが怒鳴り合いである。

そんな矢先に前述の出来事が起こった。心理的な衝撃は相当なものだった。

彼らに抗議に行くときは、当たり前のことだが、こちらは丸腰、向こうは銃を持っている。銃声を聞いたり、狩猟者や犬を見ると、意を決したように家を飛び出すしかなかった。そんな父親の後ろ姿に、幼かった頃の娘から、「パパ、殺されないで!」と声をかけられたこともあった。

何回、一一〇番通報をしただろうか。

パトカーでやってくるのは決まって地元の駐在だったが、ろくに狩猟者を取り締まるふうでもない。中には狩猟免許を家に忘れたなどとあっけらかんというハンターもいたが、けっきょく不問にしてしまうのである。しかも何度も通報するものだから、しまいには警察官も「またあんたか」という顔でこちらを見るようになった。

ハンターたちが使っている無線は１４４や４３０ＭHzのＦＭバンドである。ドッグマーカーと呼ばれる首輪のビーコン発信器も同じ。使用するには無線免許が必要となるが、ハンターたちの中でちゃんと免許を取得している者は希有《けう》である。

いわゆるトラック無線と同じで違法なのだ。

それでいて、当局はそれを取り締まろうともしない。グレーゾーンとして、見て見ぬふりをしているのが現状。そんなことがだんだんとわかってきた。

ちなみに昨今、職猟師と呼ばれるハンターはほとんどいない。

古くからの秋田のマタギ衆のような人たちならばともかく、多くが趣味でやっている、いわゆるサンデーハンターである。だから、抗議の言葉を投げると、「俺たちの遊びを邪魔する気か！」と逆ギレされることもあった。

そんな日々が相当なプレッシャーとなって心をむしばんでいった。

十一月十五日から翌年の二月十五日まで。とにかくその間だけだ。狩猟シーズンが終わるたびに、ホッとして気が抜けたようになる。

逆にまた十一月十五日が近づいてくると、てきめんに気が重くなる。

そんなことをいつまで繰り返しても仕方ない。

何もかもあきらめて逃げ出そうかと本気で思った。しかし、私はここに家を建てて暮らし、家族を持っている。

毎年のように全国で狩猟事故が発生する。シカと間違えて山菜採りの人を誤射したとか、狩猟者同士の誤射事故があったり。ガサッと藪が揺れたから、脊髄反射みたいに引鉄《ひきがね》を引くという行為は、狩猟者の間では〝ガサドン〟というそうだ。

流れ弾が民家の壁に当たったり、学校の校舎に飛び込んだとか、もちろん猟犬による咬《こう》傷《しょう》事件も多発する。

それなのに、どうして行政は動かないのだろうか。

狩猟に関する法律

国内での狩猟を取り決めている法律は、もともとが大正七年に制定された〈鳥獣保護及狩猟ニ関スル法律（略して鳥獣保護法）〉で、それが二〇〇二年に全面的に改正されて〈鳥獣の保護及び狩猟の適正化に関する法律〉となった。

さらに〈銃砲刀剣類所持等取締法（略して銃刀法）〉があり、これに〈火薬類取締法〉もからんでくる。

私と家族がトラブルに巻き込まれた当初は、まだ〈鳥獣保護及狩猟ニ関スル法律〉に縛られていた時代だった。大学で法学を専攻していたため、我が家にはいくつかの法律に関する資料があり、それを引っ張り出して読んで驚いた。

さすがに古い法律だけあって、「日出前若ハ日没後、市街其ノ他人家稠密ノ場所若ハ衆人群衆ノ場所ニ於テ又ハ銃丸ノ達スヘキ虞アル人畜、建物、汽車、電車若ハ艦船ニ向テ銃猟ヲ為スコトヲ得ス（第16条）」なんてことが書かれている。

いまどき「汽車」「艦船」である。

旧態依然もいいところだ。

二十一世紀になっても、こんな古いいいまわしの法律に基づいて狩猟が行われていたのかと思うと愕然《がくぜん》となった。

ちなみに「人家稠密ノ場所」とは、市街地をいうだけではなく、〝田畑が混在するような場所であっても相当数の人家が集まっており、狩猟のために銃を発射することが危険性が高い場合は、これに相当する〟という解釈らしい。

また〝発射地点の周囲半径２００メートル以内に人家が約10軒ある場所は（中略）「人家稠密ノ場所」に当たる（最高裁平成12年２月24日判決）〟とされる——いずれも、（『鳥獣保護法の解説』大成出版社）より。

我が家は少し山の中なので、それほど人家はないが、里で発砲しているハンターたちの多くは、明らかにこの法律に違反していることになる。

次に現行法である〈鳥獣の保護及び狩猟の適正化に関する法律〉と並んで施行された〈鳥獣の保護及び管理並びに狩猟の適正化に関する法律施行規則〉における銃猟制限について列記する。

第７条７で、狩猟禁止の場所として以下の例が挙げられている。

＊鳥獣保護区
＊休猟区
＊公道

＊自然公園法第21条１の特別保護地区
＊都市計画法第４条６の都市計画施設である公共空地その他公衆慰楽の目的で設けた園地であって、囲い又は標識によりその区域を明示したもの
＊自然環境保全法第14条１の原生自然環境保全地域
＊社寺境内
＊墓地

ようするに保護区であるとか都市部で猟をしてはならないという当たり前のことが書いてあるわけだが、ここで注目したいのは〝公道〟という言葉である。

先に紹介した『鳥獣保護法の解説』によれば、こう解釈されている。

〝公道というものの定義は「私道」に対する言葉であって、私人が使用の目的で設けた道路以外の道路で一般公衆の使用に供されているものをいう。公道上の鳥獣の捕獲の禁止により、狩猟の目的で公道において銃弾を発射したときは、その目的たる鳥獣が公道にいるかどうか、又はその鳥獣を捕獲したかどうかにかかわらず、本条違反となる。また、鳥獣の捕獲のためにする射撃であって、その射程内に公道が含まれているとき、あるいは、公道のこちらから

公道の向側にいる鳥獣に向かって発射し、銃丸を公道の上空の公衆が平穏静ひつに交通するのに必要であると認められる範囲内を通過させたときは、公道での鳥獣捕獲の禁止規定に違反したことになる〃

ちょっとわかりにくい言葉だが、いい直すとこういうことだ。

つまり公道というのは、私有の道でないかぎりはそれに当たるわけで、たとえ田んぼの畦道であっても、用水路の管理道路であっても、不特定多数の人間が歩くかぎりは公道となる。その公道上からの発砲は禁止され、銃弾が公道を横切って飛ぶ発砲も許されない。

北海道では「流し猟」といって、車で道路を走りながら、獲物を見つけて発砲する（車中から窓越しの発砲例もあった）が公然と行われていた。まあ、それは極端な悪例だとは思う。

また狩猟者が公道を歩く際は銃器にカバーをかけなければならない。それは銃刀法にこのように明記されている（『鳥獣保護法の解説』より）。

〃第四条又は第六条の規定による許可を受けた者は、当該許可を受けた銃砲を携帯し、又は運搬する場合においては、第二項各号のいずれかに該当する場合を除き、当該銃砲におおいをかぶせ、又は当該銃砲を容器に入れなければならない（銃刀法　所持の態様についての制限　第10条）〃

これを見るかぎり、ジェームズ・ディーンよろしく猟銃を首の後ろに横たえ、銃身と台尻に両手をかけて道路を歩くハンターは、まったくの違法行為ということになる。

ましてや他人に銃口を向けるなど——。

〈鳥獣の保護及び狩猟の適正化に関する法律〉第17条には土地所有者の承諾等が書かれている。

＊垣、さくその他これに類するもので囲まれた土地又は作物のある土地において、鳥獣の捕獲等又は鳥類の卵の採取等をしようとする者は、あらかじめ、その土地の占有者の承諾を得なければならない。

ここでまた問題が起こってくる。

先の第7条に列記された八つの条件は基本的な禁猟制限であるが、それ以外では、この第17条に書かれたように垣根や柵で囲ってさえいなければ、基本的にどの土地でも自由に猟ができるということだ。

だから住民とのトラブルが発生する。

しかも、その土地で狩猟が可能か否かの判断は、狩猟者本人の常識的な判断にまかせられている。

考えてもみてほしい。かつて私に銃口を向けたハンターのような人物に、その常識の可否判断を預けることができるだろうか？　そもそもそんな危険な人間が狩猟免許を持っていること自体が問題なのだが、法的にいえば、前科があったり、公然と反社会的勢力に所属していたり、ある種の病気を持っていたりしなければ、免許を獲得できてしまう。

つまり大正七年に制定された旧法も、二〇〇二年に新しく制定された〈鳥獣の保護及び狩猟の適正化に関する法律〉ですらも、狩猟者以外の安全という視点から考えたら、いわばザル法もいいところなのだ。

住民運動

田舎暮らしをし始めて、いきなりのトラブル。それもこれは極め付きだった。

何しろ私や家族が命の危険にさらされるのである。

さんざん迷いはしたが、やはりこの土地での暮らしをあきらめて逃げるわけにはいかなかった。覚悟を決めて移住してきたのだから――。

まず、先に書いたような狩猟関係の法律を勉強した。

そうすることによって、狩猟者がしていいことと、してはいけないことが、ちゃんと見えてくる。そして目の前の出来事が明らかに違法行為だとわかったときは、躊躇《ちゅうちょ》なく警察に通報した。

また、家の近くで狩猟をするハンターの車を見かけたら、ナンバーを撮影して、万が一、何かがあっても証拠となるようにしておいた。さらに違法行為をするハンターと対峙するときは、必ずビデオカメラを持っていくことにした。

近所の人々とも話し合った。

毎年、十一月十五日から始まる狩猟シーズンでトラブルに巻き込まれたり、迷惑を被っているのは、私と家族だけではない。移住者は当然のこと、もともとここに暮らしていた地元民の中にも、銃声や猟犬の跳梁《ちょうりょう》に怯《おび》える人が少なくなかった。

そのため「〇〇地区狩猟問題対策協議会」というのを作り、私がその代表となった。

その名義で、狩猟可能エリア設定見直しのための嘆願書を書いた。
できればこの年の十一月、ふたたび狩猟シーズンが始まるまでに、地区全体を〈銃猟禁止区（現・特定猟具使用禁止区域）〉に指定してもらうこと。銃砲、猟犬による被害の危険性。狩猟者たちのマナーの欠如など。ここは翌年から県による大規模な圃場整備が始まるし、そうなったら、そこが猟場であることの危険性はいうまでもない。

申請の相手は、行政の末端である区のトップにあたる区長、町会議員、当時はまだ合併前で市ではなかったため、町役場の狩猟担当である産業観光課。

この嘆願書のコピーを配りながら、署名集めのためにあちこちの家を回った。

同じように銃口を向けられたという証言もあったし、ハンターが発砲した散弾が、屋根にパラパラと雨のように降ってきたという人もいた。通学路を銃を持って歩いているので、子供たちが怯えるとか、流れ弾が怖くて犬の散歩もできないという。

野原に棄てられた廃車には、いくつかの弾痕があった。

道路沿いに立つ速度表示の看板に錆びた孔が開いているのを調べてみれば、明らかに銃弾の着弾痕だった。

猟場にはライフルや散弾の空薬莢《からやっきょう》が残されている。一度は、未発砲の九粒散弾を見つけて警察署に届けたこともある。

空き缶や空瓶も落ちている。いつも通る道に新しく落ちているから、彼らが棄てたものだとわかる。ジュースや栄養ドリンク剤。何度かビールの空き缶やウイスキーのポケット瓶を拾ったこともあった。

そして煙草の吸い殻——。

こうなるともう、マナーどころの問題ではない。

ここでは多くの人が冬の間、すなわち狩猟シーズンが来ると、不安に怯え、首を引っ込めながら暮らしていた。

しかし、誰もそのことに異を唱える者はいなかった。

ただ、耐え忍んでいただけだった。

理由はひとつ。狩猟行為が、害獣と呼ばれるシカやイノシシ、サルなどから田畑を守るためのゆいいつの方法だったからだ。そのため、とりわけ農家などに行くと、署名を断られたり、つっけんどんな対応をされることもあった。

ある家庭を訪ねると、「狩猟は必要悪だ」といわれ、さすがに驚いた。

こちらとしても「狩猟そのものを否定したいわけではない。最低限、生活エリアの周囲から離れた場所でやってもらえたらいいだけのことです」と説明するが、なかなかわかってもらえない。

あげく地元の土地で、私に対する悪い噂が撒かれるようになった。

いわく「あいつは愛護団体らしい」というのである。

まったく根も葉もないデタラメもいいところなのだが、旧弊な土地でよそ者が目立つようなことをすると、〝出る杭は打たれる〟ということになる。単純に悪役認定されてしまうのである。

ムラ社会というのは、村の中と外を区別する。鬼は外、福は内である。けっきょく、私と周囲の理解者たちだけによる孤軍奮闘しかない。

そんな孤立無援の戦いだったのである。

署名と嘆願書は、行政の最小単位である区長と、町役場の産業観光課長および町長宛に提出された。

テレビ取材

住民運動を起こして以来、私はブログを立ち上げ、自分の身の回りにあった狩猟問題を始めとする地域トラブルに関する話題をネットで発信していた。

かなりのアクセス数があったようだ。

それはあちこちで話題となり、自分が住む地区ばかりではなく、他の地区でも同じような悩みを持つ人たちが我が家に相談に来たり、あるいはまったく離れた別の県の人から、突然、連絡を受けたりするようになっていた。

マスコミの取材もあった。

新聞や地元のミニコミ紙など。記者たちは熱心に取材して、記事という形で問題提起をしてくれた。

県の猟友会にまで取材にいき、話を聞いてくれた記者もいた。

取材に応じた猟友会長の言葉を聞いてあきれ果てた。

――そんな悪いことをするのは県外から来たよそ者だ。

ここでもムラ社会である。

私が目撃した悪質ハンターたちのほとんどは地元のナンバーだった。たしかに県外車も見かけはしたが、彼らの縄張り意識の強さは、いやというほど知っている。

そんな折、テレビの取材が飛び込んできた。

私のブログを読んで、報道番組のプロデューサーが興味を持ってくれたようだ。

渡りに舟と、取材を受け入れた。

番組はフジテレビの夕刻のニュースだった。ニュースキャスターとディレクターらのスタッフ数名が我が家にやってきて、私からインタビューを取ったり、周囲のロケ撮影をしたり。

他の地区にも行って、いろいろとインタビューをしたり、撮影もしてきたらしい。

彼らは数日、ここらに滞在してロケをするという。

まさにそのさなか、事件が起こった。

その日の朝、庭先から異様な悲鳴が聞こえ、驚いて駆けつけた。

思わず棒立ちとなった。

我が家で飼っていた愛猫を、猟犬ががっぷりとくわえ込んで振り回していた。近くにあった棒きれを投げると猟犬は逃げ去り、あとには犬の涎《よだれ》で被毛がベトベトに濡れた愛猫の死体が横たわっていた。

即死状態だったようだ。

十六年、我が家の家族だった愛猫を抱きしめ、その場でむせび泣いていた。

まだ、体温が残っている愛猫。その温かさが腕の中で徐々に消えていく悲しみ。

怒りがつのってきた。

犬の姿はないが、飼い主を捜さねばならない。

そこにちょうどニュース番組のディレクターから電話が入った。ことの顛末を話すと、近くにいるのですぐに行きますと、興奮した声が返ってきた。彼らにしてみればスクープに違いない。

それから十五分もしないうちにロケ車がやってきた。私は猟犬の飼い主であるハンターを裏山で見つけて、とっちめているところだった。

ハンターは芦安《あしやす》村（当時）から来たイノシシ猟の男だった。自分の犬が飼い猫を咬み殺したことよりも、テレビカメラで自分が撮影されていることに対してうろたえていた。

キャスターはマイクを突きつけ、「職業として猟をしているのですか？」と訊いた。男は青ざめたまま、「いいえ、遊びです」とはっきり答えた。

このことが二〇〇三年二月六日のフジテレビ『スーパーニュース』で全国放映されると、かなりの反響があったらしい。町役場に抗議の電話が殺到したという。

それを受けて、今度はＴＢＳ『ニュースの森』の取材があり、また近隣の県での狩猟問題も扱った特集が全国放映された。

さらに今度は某局のワイドショーの撮影隊がやってきて、柳の下のドジョウ狙いなのか、先発のニュース報道の内容をそっくり後追いするように取材を始めた。

ところが、荷台にハンターたちを箱乗りさせ、怒声を放ちながら軽トラが勢いよく走ってきた等、そんな野蛮なトラブルがいくつもあって、彼らはすっかりビビって帰ったようだ。けっきょく放送はなかった。

そんな姿勢の違いが、報道番組であるニュースと、ある種の娯楽番組であるワイドショーとのモチベーションの差異なのかもしれない。

絶望

その年の六月、町の産業観光課から連絡が届いた。

町内の総合会館の会議室で「猟区検討会」を開きたいという申し出だった。そこで地元の仲間とふたり、出かけていくと、我々を待っていたのは、産業観光課長や担当者、そして地元猟友会から来た数名の男たちだった。

猟友会のメンバーは、厳《いか》めしい表情で横並びにテーブルに向かって座っている。

彼らがいうには、今回申請した地区を銃猟禁止区にするわけにはいかない。なぜならば、シカ、イノシシなどによる農業被害があるからだという。

逆に向こうが提案してきたのは、該当地区を〝発砲注意箇所〟に指定するというものだった。

毎年、県から配布される〈鳥獣保護区等位置図（ハンターマップ）〉には、鳥獣保護区や銃猟禁止区などと並んで〝発砲注意箇所〟とあって、赤い斜線で記されている。指定されることによって、地区のあちこちに『発砲注意』看板が掲げられるという。

すなわち、そこでの狩猟は可能だが、狩猟者に対しては「発砲に際して注意せよ」という勧告のみ。

私の頭の中には、過去に見た光景――小中学校の通学路に掲げられた『発砲注意』の看板のことが思い浮かんでいた。かつて取材を受けたニュース番組の中でも、道を行く子供たちとすれ違うように、猟銃を肩掛けしたハンターが練り歩く姿が放映されていた。

何が〝発砲注意〟だ！

あの異常極まりない状況を、どうしたら認めることができようか。

猟友会はあくまでも上から目線であった、住民の言葉に耳を傾けようともしない。けっきょく自分たちの損得勘定をむき出しにして、一方的に条件を突きつけてきたのである。

もちろんこちらは反論を試みた。

農業被害は理解できるが、現実にあってはならない狩猟事故が発生したのである。

それにもかかわらず、相変わらず無法ハンターたちを野放しにするのか。だいいち、発砲注意看板を見たからと、それに従う者がどれほどいるというのか。何しろ、彼らの野蛮極まりない態度や行動をいやというほど見せつけられているのだ。

その場で話し合いがまとまることはなく、けっきょく双方がもの別れに終わった。

このままでいると、なし崩し的に地区はたんなる〝発砲注意箇所〟とされてしまう。なんとかしなければならないと焦っていた。

その頃から、私を含む新住民——移住者と、地元民との間に大きな溝が深まっていったような気がする。

先述のように根も葉もない噂を立てられたり、子供たちと散歩をしていて挨拶をしても、地域の人々はニコリともしない、それどころか険しい顔でにらまれたりした。

私に関する噂は「あいつは愛護団体」から「あいつはマスコミだ」に替わっていたようだ。もともと小説家ということは、周囲によく知られていたし、仕事の特権のようなものを使ってテレビの取材を呼び込んだと思われたらしい。

山梨という土地は排他的だといわれていた。

よそ者はここでは〝きたりもん〟と呼ばれる。そうして区別されるのである。それは仕方ないと思っていた。我々はたしかによそから来たのであり、地元民にとっては〝異物〟である。それでもあえて縁を切るわけにもいかず、こっちから一方通行のように、挨拶を繰り返すばかりだった。

無言電話が何回かかかってきたことがある。

一度は、明らかにハンターの車らしいピックアップが乱暴にエンジンを噴かせながら我が家の庭に乗り込み、わざとらしくUターンして去って行った。

絶望のどん底だった。

この先どうすればいいか。まったく皆目見当もつかない。

しかし、そんな私の知り得ぬ場所で、事態は少しずつ動き始めていた。

猟師と友人になる

県内、山中湖村で犬たちとイノシシ猟をしているHくんという若者がいた。

情熱家で正義感の持ち主――という陳腐な言い回しが本当に似合うほど、実に印象的な人物だった。

彼と知り合うことになったのは、ハンターたちが書き込んでいるインターネットの某サイトだった。そこで私は自分の身の回りの実情をうったえ、現役ハンターたちとやりとりをしていた。適切なアドバイスもあったが、口論のようになることもあった。

ある日、Hくんは山中湖村から遠路はるばる我が家にやってきて、自分のやっている猟の有様を教えてくれた。

幼い頃から山を走り回り、自然を知悉《ちしつ》したナチュラリストだった。野生獣から植生に至るまで、驚くほどの知識と経験があった。

また、猟の九割を犬にやらせるという彼は、熱心な愛犬家だった。

私の家の周囲に猟犬を走らせていたハンターたちは、決まって「俺の犬は人を咬まない」とか「ちゃんと躾《しつけ》ができているから問題ない」などという。しかし、そんなものは個人の勝手な主観であり、実際に飼い主のコマンドで確実に呼び戻しができたり、基本的な服従訓練をこなした猟犬など見たことがない。むしろ猟場で獲物を追いかけているとき、犬は興奮に我を忘れることが多い。

一度、我が家の庭先に来た二頭の猟犬の胴体に「１」「２」とナンバーが描いてあったのを見たときは唖然となった。この犬たちの飼い主は、かれらをたんなる〝道具〟としか見ていないのだろう。

猟果が得られなかったと犬に当たったり、山に棄ててくるハンターもいた。我が家はかつてそういった猟犬を何度か保護し、町役場に通報して引き取ってもらったことがある。

それに比べ、Ｈくんの犬愛は強烈で、涙ぐましいほどだった。

私は彼が語る、いくつかの熱い話に引き込まれ、いつしか、あれほど嫌っていた狩猟という世界を少しずつながら理解するようになっていた。

これまでも、害獣から農家を守るために狩猟は必要と、さんざんいわれてきた。

もともと我が国の自然には、ニホンオオカミという食物連鎖の頂点（トッププレデター）が存在し、生態系のバランスが保たれていた。それが明治期になって全滅し、天敵がいなくなった草食動物たちが増え始めた。

やがて時代が進むにつれて、人間と山との関係がさらに崩れていく。

林業が衰え、炭焼きなどで人が山間部に入ることがなくなる。農耕放棄地が増えて藪がはびこり、野生動物の世界と人間の生活圏との緩衝帯がどんどん少なくなってきた。動物たちの生息地が、人里に近づき、交わってくる。被害はいやでも拡大する。

害獣と呼ばれる野生獣たちの個体数調整をするのは狩猟者しかいなかったのである。

昭和の中期頃までは、そんな狩猟者の数も多く、むしろシカやイノシシの激減がいわれていたこともある。それが逆に、今や狩猟者人口が減り、高齢化が進んできた。早いうちに手を打たねばならないのに、行政は相変わらず猟友会という民間団体に、この重要な問題を丸投げしたまま、明日のことを考えようともしない。

ある日、Hくんは一頭の仔犬を我が家に連れてきた。

彼が飼っている多くの猟犬の中でも、もっともお気に入りの犬の産んだ仔たちの一頭だった。アラスカン・マラミュートと紀州犬、四国犬のミックスという変わり種。オオカミの血も入っているそうだから、いわゆるハイブリッドウルフである。

ココと名付けられたその犬は家族の一員となった。

個性的でつむじ曲がりな性格があって、なかなか躾も難しい仔犬だったが、我が家のふたりの子供たちとともにすくすく成長していった。

そのココを連れて山中湖村にHくんを訪ね、彼の猟場を見せてもらったこともある。その頃になると、自分の中に根付いていた狩猟への拒絶はいっさいなくなり、むしろ理解したいと思うようになっていた。

そんな彼をモデルにした主人公を造形し、〈光の山脈〉という長編小説を書いた。

突然、銃猟禁止区に

突然の銃猟禁止区制定

あるとき、Ｈくんから突然の連絡が入った。

その年、県から配布されたハンターマップを見たら、私の住む地区が〝銃猟禁止区〟の色に塗られているというのである。さすがに驚いた。

――よかったですね。

現役猟師であるＨくんは、本当に嬉しそうにそういってくれた。

町役場に行き、それを確認した。

担当者の話だと、どうやら県からのトップダウンがあったらしい。

おそらくテレビの全国放映などの反響があって、いやいや動かざるを得なかったということだろう。

私の住む地区のみならず、近隣の町村のあちこちで銃猟禁止区のエリアが増えていた。

こちらの住民運動に触発されて、あちこちでも同じことが行われたためだった。

きっとまた逆恨みされるだろうなと思っていた。

ところが奇妙なことに、その頃からあれだけ続いた猟友会との確執が、少しずつなくなっていった。無言電話も嫌がらせも、すっかりなくなっていた。

あの町の総合会館で行われた「猟区検討会」の際、対面に居並んだ猟友会のメンバーの中で、ただひとり、柔和な顔をした年配の男性がいた。

仲間うちから〝先生〟と呼ばれていたので何だろうと思ったら、本当に昔、地元の小学校で校長先生をしていたそうだ。

その人物は、もちろん猟師だったが、実に紳士的で、穏やかな性格の人物だった。

のちに私的なお付き合いができて、何度かご自宅にうかがったりした。おそらく彼の存在が彼我の対立を緩和してくれたのではないか。今でもそう思っている。

このようにたまさかHくんと出会い、〝先生〟と出会ったからこそ、私の中で狩猟に対する抵抗がなくなり、むしろ理解するようになったのだろう。

ただし——銃猟禁止区になったのは、こちらが申請した地区の半分程度の面積であり、我が家はちょうどその辺縁に位置していた。すなわち、我が家から後ろの山は、今まで通りの可猟エリアであった。

そのためシーズンになると、相変わらず裏山からの銃声が聞こえ、たまに猟犬が庭先に降りてきたりもした。そのたびに犬の首輪につけられたドッグマーカー（ハンターに音が聞こえるように、マイクがついている）に向かって、「犬がこっちに来てるから回収に来い！」と怒鳴ったものだ。

渋々、犬を引き取りに来たハンターは、相変わらず笑顔もなく、謝りもせず、ときには犬を蹴飛ばしながらケージに入れて去って行った。

狩猟問題、その後

狩猟をめぐるトラブルは、地区の銃猟禁止区制定ということで、いちおうの決着はついた。といっても、我が家から後ろの山は相変わらずの猟場である。

狩猟者の車が我が家の奥に入っていったり、ハンターの姿を見かけたときは、「ここは狩猟事故が起こった場所です。もう少し奥でやってもらえませんか？」とお願いしにいく。

一度、愛犬のココと裏山に入ったとき、巻き狩り（グループ猟）の勢子《せこ》（追い上げ）とタツマ（待ち受け）の間に、たまたま入り込んでしまったことがあった。

前方、五十メートルぐらいの崖下にライフルを持ったオレンジ色の狩猟服の男を見つけ、アッと思った瞬間、その男がだしぬけに空に向けてライフルをぶっ放した。巻き狩りを台無しにされたための威嚇だったのである。

さすがにそのときは、肝を冷やし、ココを連れて裏山から逃げ帰ってきた。

地元の狩猟は、だんだんと有害鳥獣駆除が中心になってきた。

これは自治体の要請で猟友会が出動をする。だから狩猟シーズン関係なしに、年中、山に入って狩猟を行う。ただし、防災無線などでの注意勧告はしっかりやっているし、彼らも以前のようにおおっぴらに里やその近くで狩猟行為を行うことはなくなってきたようだ。

それからしばらく経って、ふたたび地元猟友会と接見する機会があった。

場所は山奥にある知り合いの山荘だった。

相手は三人。

意見の交換は終始穏やかに行われ、私たちは今度こそ、こちらの立場と思惑をじっくりと伝えることができた。

私は決して愛護団体メンバーでもないし、狩猟行為そのものを否定するものではない。ただ、住民の不慮の事故を防ぎたいだけなのだと。

話し合いの末、双方の間に取り決めをすることにした。

私が住む地区の裏山で猟をするときは、あらかじめ連絡を入れてもらいたい。そうすることによって、こちらから地元民に注意勧告が出せるし、何時から何時までと明確にいってもらえたら、その間は猟場に近寄らないようにできる。

猟友会はその条件を認めた。

以来、地元猟友会が裏山で巻き狩りをするときは、向こうから電話がかかってきた。私は一斉メールなどで、地元の人々にそれを伝えた。こうして狩猟のトラブルはほぼ回避できるようになったのだった。

そればかりか、意外なことに猟友会との間の緊張緩和が生じた。

こちらは毎日のように犬と裏山に入っているため、シカやイノシシの足跡や目撃といった情報を彼らに提供できる。猟師たちはたまに捕獲した獣の肉を、我が家に届けてくれることもあった。

こんな基本的なお互いのやりとりが、どうして最初からできなかったのだろうか？

交流のないまま、双方が確執をぶつけ合うことの愚かさ。面と向かい合って話し合えば、誤解が解けるし、イメージが変わってくるはずだ。

それから十年、二十年と経ち、地元猟友会のメンバーはどんどん少なくなっていった。みんな年老いて、体力がなくなったためだ。とくに大型獣を獲物とする猟は、仕留めたあとで山奥の現場から下ろし、解体をし、持ち帰らねばならない。汚れ仕事だし、重労働である。

だから、彼らは次第に山から里に猟場を移し、それで我々とトラブルが起きるようになったのだ。

六十歳でも若手といわれるほど、狩猟者は高齢化し、〝老友会〟と揶揄《やゆ》されるまでになってしまった。若手がたまに入会するが、まとまった人員を確保できるほどではない。ときおり「若者の間に狩猟ブーム」とか「猟ガール」などといった記事が、アウトドア雑誌を中心に掲載されるが、それとて、いわゆる〝静かなブーム〟止まりであろう。

狩猟者の数は確実に激減していて、今や彼らこそが絶滅危惧種である。

そうして地元のハンターたちの姿を見かけなくなった代わりに、今度は県外ナンバーの狩猟者たちが目立つようになった。

彼らの多くは、かつて私たちとトラブルを起こした連中ほど粗暴ではないが、何しろ地元民でないということは、ここらの土地鑑がないということ。どこからどこまでが可猟エリアかは地図上でしか判断できない。ましてや、こっちに向けて撃てば民家があるなどということも、すぐにわかろうはずもない。

　また、これはあくまでも主観であるが、県外から来るハンターには、いわゆる格好から入ったような集団が目立つ。オレンジのベストは着用するが、そのほかは軍服のような迷彩柄だったり、持っている銃は海外の一流銃器メーカーの製品で、そこに高価なスコープやダットサイトを装着し、ヘッドセットにインカム式無線機といったスタイルは、まるでサバイバルゲーマーのようだ。猟犬だって、地元の猟師のように甲斐犬などではなく、いかにも高級な感じのするスマートな外国産の犬たち。

　これらが、決まって大型車で乗り付けてくるのである。

　彼らとのトラブルはほとんどなかったが、いかにも時代が変わったことを実感したものだった。

　狩猟の目的は農業被害を防ぐということもあるが、ジビエ——すなわち肉の確保という意味でも重要だった。

　しかし、狩猟獣の肉をコンスタントに市場に回すには、食品衛生法という難問が立ちはだかっている。管理飼育された畜産ならばともかく、どういう状態で山にいたかわからないシカやイノシシの肉を、おいそれと人々の口に入れるわけにはいかないからだ。だから狩猟で捕獲した獣の肉は、基本的には狩猟者たちで（たまに、お裾分けもあるが）食べることが習慣となっている。

地域によっては、ジビエの流通に成功しているところもあると聞くが、何しろ野生獣の肉は、それを処理した猟師の腕によってまったく変わってくる。血抜きが不完全だと臭みが出るし、狩猟した時季や、オスとメス、年齢によっても肉の味が違う。

くわえて最近は病気や寄生虫の問題も出てきた。

昔はシカ刺しといって、生肉を刺身にして食べたりしたが、最近はまずやらない。野生獣の生肉には寄生虫がいるし、昨今はいろいろな疾病がいわれるようになってきた。そのため、撃っても山から下ろさずに、その場に埋めてしまうハンターもいるという。

近年、十一月十五日のオープンシーズンを迎えても、周囲の山から銃声が聞こえることはめったになくなった。庭先に出てきた猟犬を保護することも、今はない。

あの頃の恐怖と緊張が何だったのかと思えるほど、拍子抜けする冬場である。

我々は住民運動で銃猟禁止区というものを勝ち取ったが、それ以上に時代の変遷が生活の周辺から狩猟を追い出してしまったようだ。

それでも冬になれば、山に入るときは赤などの目立った服を着てゆく。

たまたま居合わせたハンターに〝ガサドン〟されたらたまったものではない。

まとめ

かつて二十年前、私たちが遭遇したようなマナーの悪い（それどころかヤクザ同然の）ハンターたちは、今やかなり少なくなっただろう。

冬場、市内を車で走っていて、まれに見かける狩猟者たちは、あの頃のように銃を剥き身のまま公道を歩いたりしないし、目の前で発砲するというケースもほとんど聞かない。

ニュース番組を始めとするマスコミも、昨今は「無法ハンター」などという視点の報道はしなくなり、むしろ「野生獣による農業被害を防ぐための狩猟」というテーマしか扱わなくなっている。

重要なことは、これはあくまでも私が暮らす土地の周辺の話。

他の場所では相変わらず有害鳥獣駆除のみならず趣味猟もさかんに行われているだろう。

それが危険であることには変わりない。「無法ハンター」は、まだそこかしこにいるのかもしれない。

〝ゆるキャン〟ブームで、「山を買ってみた」という人。

くれぐれもご注意願いたい。

銃声がしたり、犬の声を聞いたりで、好奇心で林や藪に分け入ってはならない。

できれば目立つ色の服を着て、視界の悪い場所に立ち入らないことだ。

夏場だったら猟期じゃないから大丈夫だと思っている？　とんでもない。今は有害鳥獣駆除の要請があれば、一年を通して猟師が山に入るのだ。むしろ広葉樹の葉が生い茂る夏場のほうが、視界が利かずに誤射される可能性が高い。

田舎への移住を考えている人には、こういいたい。

あなたがこれから住もうと思っている土地は、狩猟可能な場所ですか？

残念ながら、多くの場合がそうだ。何しろ我が国では、法律で決められた禁猟エリア以外、基本的にどこでも狩猟が可能なのだから。

だからまず自治体に連絡をして、そのことを確認するべきだ。

そうしてその土地での狩猟に関する事例をきちんと調べること。さもないと、二十年前の我が家のような悲劇がまた起こらないともかぎらない。

何度も書くが、私はこの一連の出来事を経験して、むしろ狩猟というものを理解するようになった。

オオカミを復活させればいいという人々もいるが、それはできればロマンの世界にとどめておきたい。農業被害が続くかぎり、野生動物の個体数調整は必要。きちんとした棲み分けができれば、それに越したことはないが、現状でそれは不可能である。

ただ、狩猟者が激減している事実も深刻で、行政はいつまでも民間に丸投げせず、公的機関として害獣駆除をするシステムを作れないのか？

実は、何度か狩猟をしないかと誘われたこともあるが、それは断った。

ここまで深く食い込んだおかげで、狩猟のいいところも悪いところも、いやというほど知っているからだ。

私たちは行政を動かした。しかし、ただ自治体に苦情をいって状況を変えてもらうだけなら、それはたんなるクレーマーである。だから、なぜ狩猟というものが必要かを考え、その実情を自分の目で見ようと思った。

それからまもなく、地元の仲間とともに野生鳥獣の保全調査をするＮＰＯボランティアを立ち上げ、主に野生のサルの群れの行動を監視するテレメトリー（電波探知）調査を行うようになった。市役所のみどり自然課と連携をして、官民一体でという理想のかたちで、少しでも野生獣による農業被害が防げたらと、本業のかたわら、そうした活動に従事してきた。また、山中湖村の猟師、Ｈくんから授かった愛犬ココは、里守り犬（モンキードッグ＝サル追い犬）となるべく、また飼い主の私もそのハンドラーになるため、三年ぐらい訓練を受けて、獣害の被害地に行ってサルの群れの追い払いに従事してきた。

そのあたりの話は、拙著『目の前にシカの鼻息』（フライの雑誌社）に詳しく書かれてあるので、本書と併せてぜひお読みいただきたい。

第二章　電気柵問題

電気柵とは電柵ともいわれるが、有害鳥獣から田畑を守るための設備である。

商用電源を使うものもあれば、太陽光パネルを使ったエコなタイプもある。

ここでいう有害鳥獣（害獣）というのはシカ、イノシシ、サル（まれにクマ）。他にイタチ、アナグマやハクビシンなども。

通常の柵をいくら作っても、ネットを張っても、獣は夜になると畑を荒らす。

だから電気柵は最後の手段ということになる。

これを個人が使用するぶんには何の問題もない。

しかしたとえば行政が大きな圃場を囲む大規模電気柵を作るとなると、その地域において、さまざまな問題が発生するのである。

突然の通達

トラブルはひとつずつ訪れるものではない。

ときとして、同時多発的にやってくる。


自分が暮らしている土地のすぐ麓、およそ四十ヘクタールの里が、山梨県農政部によって大規模圃場整備されるという計画はもともと知っていた。

事業の目的は以下の通り。

――農家の高齢化や後継者不足等に併せて、区画が未整備なことから急速に農地の荒廃や遊休化が進んでいる。そのため台地を再整備することで、集団化された生産性の高い優良な農地に生まれ変わり、観光農業の推進や地域の活性化が期待できる（当時のパンフより）。

事業概要によると、圃場計画の区画形状はすべて四角形。道路も幹線、支線、工作道路ともに直線に作り直される。

藪が払われ、雑木林が伐られるのはいいとして、大小さまざまな形状だった畑地はすべて四角く切って統一され、曲がりくねった道路もすべて直線にして舗装される。どうして行政は道路でも川でも、徹底的に直線に作り直したがるのか理解に苦しむ。それが美しいと思っているのだろうか。余談だが、中国の風水では、川も道路も大きく曲がりくねっているほどパワーがあるそうだ。

ともあれ当時、山梨県最大といわれたこの圃場整備事業、それまではまったく他人事《ひとごと》のように思っていた。

それから二年ぐらいかけて工事が進められ、里の風景は一変した。

子供たちや愛犬と散歩を楽しんだ道は、徹底的に碁盤の目状態にされ、雑木林はすべて畑地となった。移住者からせめて防風林として一部の林を残すべきでは？　と出されたはずの提案は無視され、おかげで冬場などに風が吹くと辺り一帯は砂嵐のようになる。

だから自然と里の散歩をしなくなって、裏山ばかりに入るようになった。

そんな折、この四十ヘクタールの面積で開拓された圃場を囲むように、大規模電気柵を設置するという報《しら》せが、私たち移住者たちのところに届いた。

二〇〇三年、まだ生活の中に狩猟問題が暗い影を落としていた矢先のことだった。

計画によると、電気柵は約三キロ（実際には二・七キロ）の距離で築かれ、コンクリートを基礎に打った鋼鉄の柱の間に金網が張られ、柵の高さは一・九メートル。上部に電線が四本張られるという。

最大電圧は八千ボルト。

計画地図を見て驚いた。圃場整備地は我が家の少し下になるが、その外周に沿って柵をめぐらせるわけだから、家のすぐ目の前に大きな電気柵が作られることになる。さながら刑務所か捕虜収容所のごとき、物々しい金網と電流のケーブルが、そこに横たわることになる。

しかも、である。

電気柵が公道をまたぐ場所にはゲートが作られる。

外出先から車で我が家に帰還するときは、どのルートを通ってもこのゲートを通過しなければならない。

つまり、いったんゲート前に車を停めて下車し、ゲートを開き、車に乗って通過させ、ふたたび車を停めて下車し、ゲートを閉めるという手順を踏まなければならない。

これを毎日のようにやれと——？

悪質な冗談も休み休みいえということである。

こんなことをごく当たり前のように、行政はしれっと涼しげな顔でいいわたしてくるのだから、本当に常識を疑う。

当然、私としては憤慨するしかない。

同じように電気柵の被害を受ける定住者、別荘の住民たちと鳩首協議した。

そして連名で嘆願書を書いたのだった。

諸問題

捕虜収容所のような物々しい電気柵。

それは景観を台無しにするばかりでなく、危険でもある。

電流はパルス式なので、最高八千ボルトの電圧とはいえ、人間が即死するようなものではない。しかし電流は電流である。大型の野生動物が驚いたり、ひるんだりするほどのショックがもたらされるのである。

危険すぎて、子供たちや犬とおちおち散歩をしていられもしない。

しかも道路には開閉ゲート。そんなことでどうして我々が日常生活の不自由を強いられねばならないのだろう？

ことはあまりにも理不尽すぎた。

ちょうど狩猟問題でさまざまなことを学んだ中、野生動物に関する知識もずいぶんとたくわえた。だから、かれらの習性もよくわかっている。

シカは助走なしで一・五メートルの柵を跳び越える能力を持っている。猟犬に追われるなどの非常時は、二メートルのジャンプ力を発揮した事例もあった。またイノシシは地面を掘ることにかけては天才的だ。山を歩いていて、よくユンボ（小型パワーショベル）で土をえぐったような場所を見かけるが、それはイノシシがミミズなどの餌を求めて掘りくり返した痕である。

しかも野生のサルにおいては、何しろ頭がいいので、電気柵を難なく越えてしまう。金網を登り、碍子《がいし》と碍子の間を器用につかんでヒョイと乗り越えるのだ。

そんなわけで、どんなに頑丈な電気柵を作っても野生動物の侵入を完全に防ぐことはできない。目の前に人間の畑という——かれらにとって大好物のレストランがあれば、是が非でもそこを突破しようとするだろう。

それでなくても田畑の作物、堆肥などの匂いに寄せられて、動物たちは柵の周囲を徘徊する。アナグマが掘った穴のひとつもあれば、あっという間にそこが抜け穴となって、圃場の中が動物レストランと化すだろう。

つまり、圃場の周囲に電気柵を作ってはいけないのである。

もっとも重要なことは、野生獣の領域を人里から隔てること。いわゆる棲み分けである。昔はあったはずの人と動物の間の緩衝帯を復活させねばならない。だから放棄農地や藪を刈り払いして、見通しをよくするべきだと、くどいほどいわれるのである。

すなわち電気柵は圃場整備地からずっと離れた場所に作らねば意味がない。

さいわい、この土地には少し山に入った場所にアスファルト舗装された立派な林道が通っている。そこに沿って電気柵を作ることがいちばん効果的だと、私や地域住民の意見が一致した。

すでに舗装されている場所に設置すれば、あとあとのメンテナンスも楽である。

というのも、たとえば夏草が伸びてツタなどが電気柵にからめばアースが起こり、通電がなくなってしまう。だからそれを防止するために、頻繁に草を刈り払いしなければならない。けっきょく面倒だというので除草剤を撒いたりもする。

圃場の周囲は平らな土地ばかりではなく、むしろ急傾斜地だったり、林があったり、いくら人を出しても草刈りがたいへんとなる。いっぽう既設の道路沿いであれば、道端に沿って刈り払いをしていけばいいだけのことだ。

もうひとつ。

電気柵の設置については、前もって当地の野生獣たちの行動を徹底的に調査して計画を進めないと意味がない。たんに畑地の山側に張ったから大丈夫ということではないのだ。足跡や糞の場所、食害の様子をちゃんと調査研究し、どこに作ったらいいということを予察して、初めて建設を行うべきなのだ。

こうして我が家を含む十名の名簿とともに嘆願書を作成し、地元の区長および町長宛に提出したのだった。

地元の集会所で計画推進側や地権者、そして我々関係者が集って意見交換が行われた。柵の工事を進めたのは町の建設課だったため、職員が現地を視察に来たりした。そこで私たちとの話し合いも何度かあったが、意見調整はつかぬまま。

果てはまたまた怒鳴り合いになってしまう顛末もあった。

大規模電気柵はとにかく欠点だらけだ。いわば不完全な農地の防御にすぎない。

理想的なのは先に書いたように、圃場から離れた林道沿いに柵を作ること。それができなければ、圃場の畑ひとつひとつをそれぞれ別々の電気柵で囲うほうがいい。そうすることによって、圃場が迷路状態となり、山から下りてくる動物たちが自由に行動できなくなる。つまり城下町が街路を複雑に作ったことと同じ理由だ。

圃場を動物たちの安心安全なレストランにしないためにも、そうするべきだった。

それから数カ月――こちらからの提案などに何の返答も得られないまま、ある日、いきなり工事が始まってしまったのだった。

情けない結果に

この電気柵は同地の圃場整備計画の一環として建設された。

工費の総額は、約二千七百万円だったそうだ。

しかもこの柵には問題点があった。

公道上に設置する電気柵は、電気事業法に関わる経済産業省令などによって高さが二メートル以上なければならないとされている。歩行者などの手が触れないような高さということなのだろうが、一・九メートルではこの基準を満たしていないのである。

工事を指導した地域振興局の担当は、そのことを知らなかったそうだ。

公道に隣接する部分だけでも、柵の距離が一・八キロもある。

法に抵触しないよう、電圧を下げることも検討されたらしいが、けっきょくふたたび工事が行われ、一・八キロの道路沿いで柵のかさ上げが行われた。

我が家に至る道路には大きなゲートが作られていた。

しかし、このゲートは閉められることなく、開きっぱなしのままになった。やはり重要な生活道路ということで、それを一方的に閉鎖することは許されなかったのである。

さらに——野生動物の行動調査などはまったく何もなされないまま、工事だけが強行されたおかげで、のちになってなんとも奇妙な現象が発生した。

住民の反対を無視して作られた電気柵

早朝、この大規模電気柵の中——すなわち圃場整備地にシカの群れがいるのである。

動物避けの柵の内部に動物がいる。いったい何の冗談だ？

原因は明らかだった。

シカたちは暗くなると山から里に下りてくる。かれらのメインルートは圃場の北側を流れる川に沿っている。そうして川沿いに下りてきたシカの群れは、電気柵のない下側から圃場に入り、夜じゅう、好きなだけ農作物の食事を楽しむ。

そして夜明け前に帰ろうと圃場を山に向かって移動すると、

当然のように電気柵に前方を塞がれてしまう。だから帰り道を失い、明るくなっても柵の中にシカたちが残ってしまうのだ。

まれに気の短い成獣が無理に二メートルのジャンプ力を発揮して、山に逃げ帰ることがあるが、そのため、ジャンプ力がない仔ジカたちだけが畑の中に残っていたりする。

電気柵で仕切られた広大な畑地が、これではまるでサファリパーク状態だ。

そんな光景を見かけるたびに、やれやれと嘆息するしかない。

きちんと動物たちの行動生態を調査し、かれらの通り道を防ぐだけの小規模な柵を作っているだけでも、きっとこんなことにはならなかったはずだった。

それもこれも、我々〝きたりもん〟の言葉にまったく耳を貸さず、おざなりの定番工事を進めてしまったための結果だった。

動物が電気柵の中に入っているのは、生活道路のせいであると、行政は思っていたらしい。道路に作ったゲートは閉じられないし、もっと大勢の集落民が使う場所に至っては、電気柵を交互に重ねるようにして、道路の通行を維持しなければならない（これをこの辺りではカスミという）。だからその欠点を補うべく、あることが考え出された。

「鳥獣害防止システムの試験設置について」

ある日、地域振興局農務部から我が家に届いたチラシには、そうタイトルがついていた。

内容を見てたまげた。

野生動物が通過するカスミの部分に装置を設置し、その前を動物が通ると自動的に以下の作動をする。

〈警報ベル、音声威嚇、光による威嚇、煙幕の噴霧威嚇〉

この最後の〝煙幕〟って何ですかと問うと、担当者はこう答えた。

――カプサイシン入りのガスです。

唖然となってしまった。

カプサイシンというのは唐辛子成分のことである。防犯スプレーや、もっと強力なクマよけスプレーの成分がこれだ。食らえば涙と鼻水があふれ、呼吸困難にもおちいる。警察が犯罪者の立てこもり事件で使用する催涙ガスのようなものである。

騒音や光ならともかく、カプサイシンガスを発射されたらたまったものではない。

むろん、装置は目の前を通過するものが人であるか、動物であるかなど判断できるはずがない。というか、行政はそもそも我々住民と害獣との区別もつかないのか。

しかし、対応は暖簾《のれん》に腕押し、糠《ぬか》に釘であった。

それからしばらくして、通過する住民へのカプサイシン噴霧はさすがにまずいと思ったらしく、我が家のすぐ下にあるカスミの場所には、動物が通過すると光を放ち、ベルが鳴るだけの装置が試験的に設置された。

それにしても、である。

夜中、車でそこを通過するたびに強烈なライトを浴びせられ、耳障りなベルが鳴るのは本当にうんざりだった。

だいいち……果たしてこれが動物に効果があったのか？

少し経ってから、電気柵の中を見ると、いつものようにシカの群れがのんびりと畑地の作物を食《は》んでいるのだった。

けっきょく装置は、電源を切られたまま放置され、今でも雨ざらしになっている。

それから数年が経過した。

圃場整備地の管理は施設管理組合という地元の組織にまかされている。

電気柵の建設直後から、草が生える季節になると定期的に当番制で刈り払い作業をしていた。ところが、いつしかそれがおざなりになっていった。

ふと見ると、我が家のすぐ下にある電気柵にツタが絡みついている。そうなるとせっかくの電気も地面にアースしてしまい、電気柵の意味がなくなる。ところが、幾日経ってもそのツタを始末する様子がない。そうしてその夏の間、我が家の近くを通る電気柵は幾多の草が伸びて絡みつき、巻き付き、とうとうまるで生け垣のようになってしまった。

管理の怠慢が原因だろうと思う。

それからまた少し経過すると、いつしか通電が停められていた。

我々の反対を押し切って、二千七百万円もの工費をかけて強引に作られた電気柵は、たんなる広大な生け垣の柵となってしまった。

いったい何だったんだと溜息を投げながら、いつも私は電気柵のゲートを抜ける。

本当にいったい何だったんだ？

第三章　水問題

人間が生きていく上でもっとも必要なもの。

それは空気と水であろう。

名水の里と呼ばれる土地に移住した。

だから、我が家は公営水道を引かず、あえて井戸にこだわった。

蛇口の栓をひねれば天然水が出てくる。こんな贅沢な環境はない。都会では人々がお金を出して、ペットボトルのミネラルウォーターを買っている。

飲料、料理、コーヒーにウイスキーのオン・ザ・ロック。こんなに美味しい水を気軽に使える。のみならず、風呂やトイレの水までそんな貴重な水資源を使ってしまうのは罰当たりじゃないかと思っていた。

そんな矢先だった。

我が家のすぐ近所の家で、突然、水が出なくなった。

そんな事件から始まった一連の出来事を元に、〈サイレント・ブルー〉という長編小説を書いた。

ここでもう一度、あのときのことを振り返ってみたい。

地面の下は目に見えない

我が家の井戸はいわゆる深井戸である。

ボーリング工事で百メートルばかり掘削《くっさく》していて、地上からパイプを垂直に通し、三相二百ボルト電源を使った水中ポンプで水をくみ上げている。

停電が起こればポンプが停まり、当然、水が出なくなる。

もともとこの井戸はうちに土地を売ってくださった隣家のもので、そこから我が家にも配管していただいたのである。他にも四軒の定住者や別荘が水を共有して、共同井戸として使用されていた。

そのうちに隣家のご主人が亡くなり、井戸の管理は我が家が引き継ぐことになった。何しろ三十年近い、古い井戸である。だからしょっちゅう、電気系統が故障する。ある日突然、蛇口から水が出なくなる。

家の外に出て井戸の様子を見に行く。配電盤のブレーカーが落ちていると、たいていは流量調整弁のマグネットスイッチのトラブルである。鉄板の重たい蓋を開け、ピットと呼ばれるコンクリの囲いの中にある地上ユニットを調べるが、やはり素人では無理。けっきょく設備屋さんを呼んで、修理してもらうしかない。

トラブルが頻発したのは、水中ポンプの経年劣化のせいだった。深井戸の水中ポンプの耐用年数は十五年といわれるが、かれこれ三十年近く使っていたのだから無理もない。最終的には、水の使用者全員で金を出し合い、ポンプと地上ユニットの交換を行った。

ところが水が出なくなる原因が、機械的な故障でない場合もある。

井戸の中で地下水の水位が下がり、最悪、水中ポンプが水面より上に露出してしまった場合である。そうなると、いくらポンプが回っても水は一滴もくみ上げられない。

これは井戸を使用する人間にとって、もっとも恐るべきトラブルだ。

どうして水位が下がるのだといわれるかもしれないが、実は地下水というものはけっして安定した資源ではなく、常に変動する。地盤が崩れたりして水脈の道筋が変わることもあるし、大きな地震のあとに突然、井戸が涸《か》れたこともあるそうだ。

よく大規模トンネル工事のさなか、近所の井戸が涸れてしまったとか、川や池が干上がってしまったということが報道される。地下に穴を掘り進めていくうちに、地下水脈に当たってしまったからだ。

流れが変わったり、水量が増減する以外にも、地下水の水質そのものが変化してしまうこともある。

我が家の隣にある深井戸は、ある日、いきなり水が薄茶色に濁り始め、水質検査の結果、鉄分とマンガンが過剰に含まれていて、飲用不可となってしまった。

どうしてそうなるのかは、はっきりとはわからない。

何しろ地面の下のことは目に見えないのである。

水企業が集まる土地

私が暮らす町には、「清流と緑のふるさと」というキャッチフレーズがある。

近くには名水百選に選ばれた渓流があり、釣りをしていて喉が渇くと、川の水をすくってそのまま飲んだりしたものだ。

町の背後には広大な南アルプスの山域があり、その多くが花崗岩で地盤を構成している。山々に降った雨や雪は地下にしみこみ、ゆっくりと時間をかけて段丘堆積物と呼ばれる花崗岩の岩盤層や砂礫《されき》層を通過し、伏流水として地下深くを流れていく。その間に地中のミネラル成分をたっぷりと含み、いわゆるミネラルウォーターができてゆく。

この地には、それを求めて多くの企業がやってきている。

大手洋酒メーカーや日本酒、ジュースからアイスクリーム工場まで。その多くの企業が地下水を揚水して利用し、あるいはそのままミネラルウォーターとして売り出している。

それらの企業のCMなどで、豊かな自然のイメージが全国に伝わる。観光客も押し寄せてくる。おかげで当地は移住したい土地のベストいくつかに必ず入る。

しかも企業は地元雇用をする。

周囲の山林を買い、自然の保全地域として環境保護をうったえている。

そんな素晴らしいイメージの裏側で、実は悲劇もある。

ミネラルウォーターとはいえ、何しろ地下水なのだから原価ゼロ円である。ポンプでくみ上げ、多少の消毒をし、ペットボトルや出荷の運送費はかかるだろうが、元手が元手だけに儲けは大きい。

いずれの企業も部外秘ということで明らかにしないが、あれだけ全国に大量に出荷されているのだから、さぞかしすさまじい揚水量であろう。国内ではまだ事例がないが、外国では水企業が大量取水したため、地盤沈下が発生したところがあったそうだ。

水企業が自社工場内に井戸を掘って揚水するのなら、おそらく問題はない。ところが、あるときから突然、社外に井戸を掘るようになった。

なぜ、わざわざ社外に？　と思うかもしれない。公式発表がないから推測の域だが、もしや過剰に揚水したために、工場内の井戸の水位が下がってしまったのではないか。だから別の水脈を求めて、社外に土地を取得して井戸を掘り、配管や輸送によって原水をまかなっているのではないのか。

私の土地のずっと下に、県外からやってきて飲料を作っている工場がある。二〇〇八年、その会社が私が住む地区のある場所に土地を得て、井戸を掘って自社までの配管工事も行った。

七号井戸と呼ばれていたから、他にもたくさん社外井戸を掘ったのだろう。

ところがこの新井戸が稼動してまもなく、周囲の家々の井戸の水位が下がり、中には涸れてしまったところもあった。

先に書いたように、人間が生きていくには最低でも空気と水が必要。その水がなくなればパニックである。

周辺の住民たちは、仕方なく地元の簡易水道を引いた。

簡易水道とは上水道に対する言葉で、給水人口が百人以上、五千人までの水道事業のことをいう。多くの場合、自己水源は井戸同様に地下水であるが、不特定多数の人間が使うということで、水道法によって浄水施設で濾過《ろか》と消毒が義務づけられているため、どうしても塩素の臭いが混じってしまう。個人の家庭の井戸のように、くみ上げた水をそのまま使うわけにはいかないのだ。

それまで当たり前のように蛇口から出る井戸水で飲み食いしてきた家庭が、ある日、塩素が混じった水を使わねばならなくなる。これは悲劇以外のなにものでもない。

何しろ近所で起こったトラブルだし、けっして他人事だと思っていたわけではないが、同様の事件が自分の生活の中で勃発しようとは思いもしなかった——。

その翌年、我が家のすぐ近くの森の向こうから、ゴーリンゴーリンというすさまじい騒音が聞こえてくるようになった。

周囲でアカマツの伐採をしていたため、粉砕機で枝葉を砕いているのかと思っていたが、実はそうではなかった。近所の人から連絡があって、例の七号井戸を作った企業が、我が家のすぐ下の森に取水井戸を掘っているという。

現地に行ってみると、すでに工事は終わっていたらしいが、巨大な掘削機が木立の中に放置されたままだった。

場所は、まさに我が家の直下である。

つまりうちが使っている井戸の地下水脈の下流に当たる。

想像していただきたいが、水源というのは標高の低い場所で取ったほうが有利になるという。重力の効果もあって、そこに水が引き寄せられてしまうため、高い場所の地下水位がどんどん低くなる。しまいには涸れてしまう。

つまり我が家の真下に井戸を、それも企業が大量取水する工業井戸を掘られてはたまったものではない。

やれやれ、またトラブルか——と、嘆息した。

地下水条例

北杜市は二〇〇四年に〈地下水採取の適正化に関する条例〉を制定するとともに、〈地下採水井戸設置に係るガイドライン〉というのを策定していた。地下水は市民の財産であり、無秩序な利用は環境の悪化を招くとして、いくつかの項目が書かれている。

さらに二〇一四年に一帯が南アルプス・ユネスコエコパークとして登録され、新たなルールを定めるとされている。

対象行為は生産・製造過程において地下水を使用する事業。

そこに調整事項等というのが書かれてある。

①井戸設置者はできるかぎり観測井戸を設置し、常に水位の状況を把握すること。

②一般家庭用井戸と比べて周囲が受ける影響が大きいと予想されるため、設置場所の行政区長及び周辺の既設井戸設置者（設置位置から半径２５０ｍ以内）に対し、事業の説明を行い、同意の有無について書面で報告すること。

③市は必要に応じ、井戸設置者に対して揚水量の報告を求めるため、井戸使用開始後は、月ごとの揚水量及び水位の記録を備えておくこと。

④設置した井戸が原因によるトラブルが発生した場合は、井戸設置者が責任を持って対応すること。
⑤地下水の枯渇や、公共用の水道水源に影響があると認められるとき、又はその恐れがあるときは、揚水量の制限等の指導・勧告に従うものとする。
——以下略

注目すべきは②と④である。

企業が取水井戸を掘る場合、周囲から半径二百五十メートル内の既設井戸の持ち主に事業の説明を行い——まではいいが、〃同意の有無について書面で報告すること〃というのはどういうことか。たとえば近隣に一軒でも反対があれば、企業は新井戸の掘削はできないのか？

行政の担当者にインタビューしてみた。

いわく、条例やガイドラインには強制力がないため、あくまでも企業と住民側との対話と同意が基本。できれば当事者同士で問題を解決してもらいたいとのこと。

ということは、半径二百五十メートル以内の全世帯が一致で新井戸掘削に賛成せず、たとえば一軒や二軒の反対があったとしても、企業がその気になれば新井戸掘削工事を強行できてしまう。

その際、企業はその〝同意の有無〟だけを行政に伝えさえすればいい。すなわち住民との対話がありましたという既成事実が必要なだけなのだ。

この半径二百五十メートルという規定にも具体的な根拠がない。たんに近隣という意味であって、学術的調査などの根拠に基づいて決められたものではないという。

もうひとつ――〝設置した井戸が原因によるトラブルが発生した場合は、井戸設置者が責任を持って対応する〟という④の項目。

七号井戸稼動で、近隣の家屋の既設井戸の多くが水位低下、あるいは水涸れを起こしたときは、半径二百五十メートル以内の家に、水道を引く工事費が企業から払われたそうだ。ところが、別の地区で某企業がミネラルウォーター工場を新設したとたん、やはり近隣で井戸水が濁ってしまったなどのトラブルが発生したが、その企業の担当者は現象を自社のせいだとは認めなかった。

なぜそんなことになるかというと、〝地面の下のことは目に見えない〟〝個人の井戸のトラブルと、企業の井戸との因果関係が明らかにできない〟という理由が厳然としてそこに存在するからだ。

企業担当者たちと話し合う

我が家のすぐ下の森に企業が取水する新井戸が掘られた。

これはたまったものではないと、その企業に抗議の電話を入れた。

するとその日のうちに担当者がやってきた。一台のワゴン車に大勢が乗って、うちに乗り付けてきた。

水企業だけでなく、土地売買の不動産会社、ボーリング工事の会社からも担当者が来ていた。

彼らと一時間ばかり話し合った。

向こうがいうには——。

今回の井戸は、あくまでも水質水量調査のための仮井戸で、そこを取水井戸にするという決定事項はない。ただし、先に掘った七号井戸が落雷などで停止した場合、生産ラインがストップするので予備井戸として使用することもある。配管パイプの直径から送水量がかぎられているため、七号井戸と新井戸（仮称・八号井戸）とを同時使用することはない。

私は彼らに訊いた。

「御社の敷地外に、いくつもの井戸を掘らねばならないのは、経営が成り立たないためですか？」

——いいえ、あくまでも生産拡大のための水確保です。

企業の担当者ははっきりとそう答えた。

「あなた方はこの八号井戸が七号が停止したときのバックアップというが、いつか八号がメインの井戸になってしまう可能性は？　もしそうなったら、さらに別の場所に九号を掘るんですか？」

どの担当者もきちんとした答えを返さない。

「もし、あなたがたの今回の井戸が稼動し、そのために近くの住民の井戸が涸れたらどうします？　その家に簡易水道を引く補助金を出すなんておざなりな手段じゃなく、地域の住民たちが別の井戸を再掘削して水源を確保するために、企業としての補助はできますか？」

担当者たちは気まずく首を横に振る。

彼らがやれるのは、あくまでも簡易水道を引く費用の補償だけだという。

私は再三にわたって七号井戸を例にとり、近隣の水涸れのことをくどいほど説明し、なんとか八号井戸の稼動をやめてもらえないかと頼んだ。しかし担当者たちからは明確な対応は引き出せなかった。

「七号井戸の周辺の家は泣く泣く簡易水道を引くことになりました。しかし、我が家としては、あなたたちのそんな行為に対して妥協はしたくない。山紫水明の里に移住してきたのは、なにも塩素臭い水道水を飲むためじゃないからです」

そうはっきりといった。

八号井戸の使用をあきらめてはもらえないのかと訊くと、彼らはまた首を横に振る。

――ひとまず一定期間、八号井戸から揚水をしてみて、周囲の井戸に影響があるかどうかを調査します。また結果をお持ちして報告にあがります。

そういいのこし、彼らはぞろぞろとワゴン車に乗り込み、去って行った。

この企業の新井戸稼動に疑問を持ち、反対に回ったのは、もちろん我が家だけではない。近所の定住者や別荘の持ち主も、私たちと共闘するといってくれた。やはり共通の不安を感じていたのである。

それから時間を見つけては、他の水企業による井戸涸れや水質悪化などの被害にあっている人たちの家を回り、細かく調査をしていった。

この土地は「名水と緑のふるさと」だけあって、かつては湧き水が豊富だったそうだ。それが水企業がどんどん来るようになってから、あちこちで干上がり、水源が涸れた場所も少なくない。当初は、「あんたんところが井戸を掘るからだ」と個人同士が原因を押しつけあっていたそうだが、すべては水企業が来てからのことだった。


やがて新設された八号井戸からの試験揚水が始まった。

くみ上げられた水はタンクに溜められるなどされず、ただ出しっぱなしになっていた。あふれた大量の地下水が森に川を作り、林道を水浸しにし、畑地や側溝にザーザーと音を立てて流れ込んでいた。

二度目の会見

後日、企業の渉外担当から連絡があった。試験揚水の結果を届けたいという。

今度は二台のワゴン車に分乗して、前回よりも多人数でやってきた。

二日間、八号の試削井戸から揚水して（というか、ただ垂れ流していただけだ）、その間に周囲の既設井戸にどういう影響があったかをボーリング会社が調査した。その結果を持ってきたという。

Ａ４コピー用紙二枚に経緯とデータと企業としての結論が書いてある。

二日間の揚水で、周囲の既設井戸の水位変化などは見られたものの、生活に影響するほどではないという結論。

たったの二日である。

それでどれぐらいの水を出したのかと訊いたら、毎分五百リットル。ということは、毎分およそバスタブ二杯ぶんである。それを二十四時間。いわゆる水企業はそれだけの地下水をふつうに揚水して使うらしい。そのときになって初めてそんな事実を知ったのだが、その量たるや、驚き以外のなにものでもない。

しかも取水した水はただペットボトルに詰められたり、製品に使われるだけではなく、実は多くが商品を詰める容器の洗浄、生産ラインの機械の洗浄に利用され、それは廃水として流されてしまうという。

我が家や周囲の家庭は水を貴重で有限な資源として、本当に大事に使っている。蛇口の栓をこまめにオンオフするのは基本だし、バスタブに入れたお湯は翌朝の洗濯に使い回すなどする。蛇口の水を出しっぱなしで歯磨きをするなと子供たちに教えたり――そんな努力をしている一方で、この暴挙はいったい何なのだろうか。

あの二日間の試験揚水とやらで、地下水をくみ上げてはダダ漏れさせて、森や林道に川を作ってしまった企業のやり方に対しては、憤りを感じ、悲しくもあった。

新しい井戸はあくまでもバックアップですなどと口約束でいわれて、誰がそれを信じられようか？

私はいった。

「いいですか？　あなたたちは地域の重要な水源、地下水という人類の共有財産を独り占めして商売に使い、もともと水利権を持っていた人々に、万が一何かあれば簡易水道の塩素臭い水を飲めという。たとえば〝この場所の空気は明日から我が社が独占します。エアボンベを各家庭に配給しますので、息が苦しくなったらみなさんで使ってください〟なんてことをいわれて、我々住民が素直にハイと納得できますか？」

二度目のこの会見でも、私は是が非でも今回の井戸は使わせないといった。地元住民のひとりとして断乎反対する。

いったん、八号井戸が法的に彼らのものになれば、将来的に何をされても抵抗はできない。

あとあとになって「事情が変わりました」と安易に説明されるだけだろう。

彼らの側からは、ろくに反論がなかった。

けっきょく、〝頭を下げ〟にきただけなのだと気づいた。

対話ではなく、用意してきた言葉をこちらに伝えるだけのためだったのだ。そして向こうにしてみれば、二度にわたって我が家に来たということが重要なのである。

私が賛成しようが反対しようが、「地元住民との対話をした」という既成事実だけは残る。そのための前衛部隊たる渉外係であり、事の是非を決めるのは、あくまでも会社の上層部なのだ。

会見の最後に私は訊いた。

「もし、あの井戸の土地が取得できなかったらどうします？」

渉外係の担当者たちは顔を見合わせたあと、ひとりが私にいった。

――土地が使えなければ、そりゃあ、今回の井戸なんて無理ですよ。

正攻法でまともに戦っても負けるのは時間の問題だった。こういうとき、有能な軍師であれば奇策を考えるだろう。

ひとつだけ切り札があった。

その八号井戸が掘られた土地の地主は、たまたま地元の新住民の知己だったことが判明したのだ。そこですぐに連絡をとってみた。

ご本人いわく。

――たしかに地元の企業が井戸を掘りたいということで、土地は分筆しました。でも、まだ法的な手続きはとっていません。

彼のところに交渉に来たのは水企業の担当者ではなく、土地売買を担当する不動産会社の人間だったそうだ。驚いたことに、そこがミネラルウォーターのくみ上げ井戸になるという説明はいっさいなかったという。

――もともと自分が放置していた土地ですし、企業側が井戸を掘ってくれるというから、どうぞと許可したわけで、いずれは地域貢献として、そこから配管してご近所に水を回したりできればいいなと漠然と思っていました。

つまりその不動産会社は、そこが水企業の取水井戸になるという説明はいっさいなしに、地権者から掘削井戸の土地を借りていたのである。

さいわい地主との本契約はまだ交わされていない。水質水量調査などが完全に終わる前に土地を得るというリスクはおかせないからだ。

数日後、土地の所有者たるその男性にまた電話すると、彼はひどく立腹していた。あれからすぐ、折衝係である不動産業者に電話をして、「話が違うじゃないか」と怒鳴ったという。土地の運用に関して姑息《こそく》な情報操作をされ、あげく、地元民の反発を買うことになった経緯に対して、心を痛めておられた。

——ここまで莫迦にされて土地を売りたくなんかありませんよ。

彼の言葉に、涙が出そうになった。

そんな経緯で、正式に土地の売買はなくなり、試削井戸は完全に封鎖された。ひとまず私と地域の住民たちは、水利権を守り抜いたのである。

問題は解決したわけではない

ここ何年か、地元の水企業が社外に土地を買って井戸を新設したという話は聞かない。条例が変更になって、おいそれと井戸掘りができなくなったのか、あるいはなんらかの密約があったのか。

市の担当者に訊いてみたが、どちらもとくにないという。おそらく企業が既設井戸の揚水量で充分だから、新しく掘る必要がないと判断しているためだろうと思われる。

しかし需要があれば、企業は躊躇なく生産拡大をはかる。

ということは、いつまた何時、このようなトラブルが起こるかわからない。

少し前、我が家よりも高い場所にある別荘（というよりも半定住）の井戸の水位が、あるときから極端に下がったことがあった。日常の炊事などで使うぐらいならいいが、風呂などまとまった水量が必要なときは、まったく水が不足するという。

ご家族は敷地の別の場所に新しく井戸を掘ることにして、ボーリング工事を担当する設備屋が掘削を始めた。ところが百八十七メートルまで掘り進んでも、とうとう水が出てこなかった。

――この仕事にかかわって以来、こんなことって初めてです。

工事の担当者が汗を拭《ぬぐ》いながらそういった。

そこの住人は、それから既存の井戸からの水をなんとかだましだまし使っていたが、それも限界があったのだろう、とうとう物件を手放してしまった。

さいわいうちの共同井戸は、まだ平均的な水位を維持していて、我が家のみならず近隣数軒に水を送り続けている。

コンビニ、スーパーなどの棚にミネラルウォーターのペットボトルがずらりと並んでいる。

それを見るたび、私はとても複雑な気持ちになる。

今や水資源は〝ブルーゴールド〟と呼ばれるほど、世界的に貴重な存在となっている。

外国資本による水源地の買い占めなどという噂も、まことしやかに出回っている。

これほど狭い国土で自然に恵まれ、水があふれる国は少ない。そのありがたさを忘れ、水を浪費する人々もいる。しかし我々はこのような経験を踏まえたからこそ、水という地球からの贈り物に対しての感謝の気持ちを忘れない。

この問題は、私が暮らしている土地だけのことではない。

全国各地に名水の里があり、水企業が水利権を求めて工場を作っている。

個人宅の井戸涸れがこの先もあり得るとともに、たとえば公共水道の水源が、突如として枯渇することだってあるかもしれない。

蛇口の栓をひねって水が出る。

そんな当たり前の日常が、突如として崩壊する。しかもいつ起こってもおかしくない。

もしかしたら、それは田舎暮らしだけの問題ではないのかもしれない。

犬の散歩で、今でもまれにあの森の地所に入ることがある。

あれから十年と少し。企業の掘削現場だったそこには落葉が積もり、かつて井戸が掘られたという形跡すらなくなっている。

林床を見つめる私の胸中に、過去のさまざまな出来事が去来していた。

うちに戻り、水道の蛇口の栓をひねる。ちゃんと水が出てくる。

すべては終わったはず。

しかし、いまだに不安が拭い去れずにいる。

第四章　他にも問題が山積み

しつこいようだが、トラブルはひとつずつやってきては去って行くものではない。ときとして同時多発的に襲来する。

そんな釣瓶《つるべ》打ちのようなトラブルにさらされながら、家族とともにここで生活してきた。自分で解決できることはなんとかしたい。しかしそれも限界がある。けっきょく偶然が味方したり、運任せのようになってしまったことも多い。

運も実力のうちといわれるが、やはりそれは詭弁だと思う。

田舎暮らしというのはここまでトラブルがつきまとうものなのかと、さすがにあきれた。とはいえ、それらをひとつひとつなんとかクリアして、現在の生活に至っているということは、まぎれもない事実である。

いきなりゴルフ場？

この土地に住むようになったのは、裏山があるという理由も大きかった。地所を決めるとき、我が家を出て、すぐの場所にまったき自然がある。そのことにこだわっていたからだ。

裏山はたしかにその点、条件をクリアしていた。しかしそのためにとくに冬は日当たりが悪く、午後になるとすぐに木立の向こうに太陽が隠れて日が陰ってしまう。

それはともかく、この裏山はちょっとした独立山塊となっている。

我が家から見て山の反対側には大きな林道が走り、北側は小さな渓流。裏山からどの方角に下りても道路か川に行き当たるのである。だから迷うようなことはない。

ふだんから人が入るような山ではない。冬場にハンターが入っていたぐらいだった。

私は獣道をたどり、ぐるりと裏山をめぐって我が家に戻ってくるルートを見つけた。そこを毎日のようにたどっていると、いつの間にか立派な登山道のようになってきた。

犬や子供たちと裏山に入り、ゆっくり歩いて一時間で一周してこられる。アップダウンもあって標高差は百二十メートル程度。ちょっとしたアスレチックコースとなっていた。

その裏山が——あるとき突然、皆伐された。

間伐ではない。すべての木が伐られたのである。

もちろん全山というわけではなく、標高の高い場所がすべてクリアカットとなった。いわば河童の皿状態である。

複数の地主たちが協議し、山の木をどこかのパルプ工場に売るという理由だったらしい。

伐採作業の途中はさすがに入山を控えていたが、すべてが終わって久しぶりに裏山に登り、私は唖然としてその場に立ち尽くした。

風景がまさしく一変していた。

木立がすっかりなくなったために、そこは完全な禿げ山と化し、遥か遠くの景色が見渡せるようになっていた。

我が国においては、そこが保護林などでないかぎり、地権者は自由に伐採ができる。ましてや国有林などではない私有の山林であれば、いつなんどきでも間伐も皆伐も可能だ。

それにしても——と、すっかり様相が変わった裏山を見て、やはり私は悲しく思う。

山の木々を売った人たちは、それほどまでに自然を愛していないのだなと。

さいわい犬や子供たちとたどっていたトレイルはそのまま残っていて、禿げ山となったそこを毎日のように歩いていた。

地権者たちはいっとき、ヒノキの苗を植えたが、あっという間にシカたちに食べられてしまった。もっともそれは織り込み済みだったのかもしれない。

結果がどうあれ、植林さえすれば助成金が入ってくる。

だから近頃、山の持ち主は杉やヒノキを植林し、そのまま放置することが多い。枝打ちも間伐もせずにいるから、真っ暗な人工林が山肌に広がっている。

これまで行政には再三、いってきた。

植林の助成金は植えた段階ではなく、ある程度、林が育ってから払いなさいと。

それも杉、ヒノキといった針葉樹ではなく、山に保水力をもたらす広葉樹でなければダメだ――そんな提案も警告も、けっきょく行政には無視されてしまった。


問題が起こった。

我が家の庭の端を小さな沢が流れていた。

夏場は西瓜をまるごと浸けて冷やせるほどの水量があった。サワガニやイモリの姿も見られた。その沢が――すっかり干上がってしまった。

裏山の木々があったからこそ、沢は水量を保っていたのだ。

それも杉やヒノキなどの人工林ではなく、ナラ、クヌギ、白樺、ヤマグリ、リョウブなどの雑木が集まった広葉樹林。その林床に溜まった落ち葉が雨や雪解け水を含み、自然のダムとして機能していたのである。

そこから地中にしみこんだ水が、沢の源頭で湧き水となり、我が家の傍を流れていた。

その広葉樹林が完全になぎ払われてしまい、おかげで沢が涸れた。

いまさらながらに自然の仕組みに感動し、森が豊かであることの意味に気づかされたのだった。

それでも自然は再生する。あと二十年もすれば、きっとまた森が復活する。

そのときに地権者たちがまた皆伐なんてしなければ、裏山は元通りになるはずだ。そう思いながら、歳月を重ねていった。

やがて禿げ山に草が伸び、タラノキがあちこちに生えてきた。

この若芽は山菜の王といわれている。

するとどうやってそのことを嗅ぎつけたのか、春先になると、大勢の人々がこの裏山に入り、タラの芽を獲る姿が見られるようになった。話を聞くと、多くが自分たちの口に入れるのではなく、どこかで売るのだという。

それまで山になんか見向きもしなかったのに、なんとも浅ましい姿だなあとあきれた。タラの芽も一番芽だけをもぐのならいいが、二番芽、三番芽も平気で獲っていってしまうから、そのうちに枯れてしまう。

ひどい人になると、高く伸びたタラノキをノコギリで根元から伐り倒す。つまり今さえ良ければそれでいい。来年、再来年のことなどどうでもいいという刹那《せつな》主義の人間たちである。

そんな姿を見るのがいやで、春のシーズンは裏山に足を向けなくなった。

そうこうしているうちに、ある話がたまたま伝わってきた。

県内でいくつかのゴルフ場を経営している会社が、この裏山に目をつけて地主から買い取る動きに出ているというのだ。

こんなトラブルはいくつ来たって馴れるものではない。

私はゴルフをしないし、そもそも興味もないが、ゴルフ場が自然破壊の代名詞のようにいわれていることはよく知っている。

ゴルフ場には多くの問題点がある。

数十から数百ヘクタールの広大な自然を損失することになり、野鳥、虫、動物たちの住処が奪われる。造成工事によって土砂崩れが発生した場所もある。

次に水の問題。

ゴルフ場を作る大規模な工事により、川や沢の水が汚濁する。また自然林に比べて、ゴルフ場の保水力は四分の一から七分の一ぐらいに低下し、雨が降れば川や沢が一気に増水し、逆に日照りのときは川や沢、地下水の減少や渇水の原因となる。

ゴルフ場として造成された土地からは、鉄分やマンガンが滲出《しんしゅつ》し、水源や農地に流れ込む。飲料水を茶色に染めたり、洗濯物に色がつくようになったりする。

もっとも問題なのが環境汚染である。

ゴルフ場を維持するためには、大量の化学肥料や農薬が使われる。

肥料は窒素やリン酸を含み、河川や池などを富栄養化させ、アオコや藻が発生する原因となる。

農薬はさらなる公害を周辺にもたらす。

ゴルフ場の維持のために大量に散布される農薬は、周囲に飛散して空気や土地を汚染し、さらに住民たちの口から肺に入り、癌の原因となったり、さまざまな疾病や心身の不調の元となる。のみならず降雨によって土壌にしみこみ、水源を汚染したり、川や沢に流れ込んで広範囲に汚染を広げてしまう。

もちろん飲み水として人々の口に入る地下水も次第に汚染されていく。

ゴルフ場に関する問題はまだまだあるそうだが、これほど書くだけでも充分だろう。

これはまた反対運動をするしかないなあと思っていた矢先だった。

報せが飛び込んできた。

どうやらゴルフ場建設計画は白紙撤回とのこと。なんでも、その会社が山の土地を取得しようとして、頑として売らない地主が多くいたため、裏山全域を虫食い状態でしか買えなかったらしい。

仕方なく会社は買った土地をすべて手放したようだ。

心底、ホッとした。

本当は近所の人たちと共同で裏山を買い、自分たちの薪ストーブのために、伐木したり、植林したりできたらいいなあと話し合っていたが、どうやらそれからまもなく、大半の土地が市外の住民に購入されたという話。

あれから二十年近くが経過して、裏山の木立が伸び、だんだんと森が復活してきた。

視界が広くなって遠くの景色が眺められたのが嘘のように、トレイルの周囲を雑木林が覆って視野を閉ざしていった。

しかし我が家の際を流れる沢は、まだ水量が復活しない。

自然は失われるときは一瞬だが、復活には気の遠くなるほどの時間がかかるのである。

悪臭問題

これはおそらく今後、田舎暮らしをしようとする人にもっとも注意していただきたい点。

土地を購入してログハウスを建てているとき、気づいたことがあった。

妙な臭いがするのだ。

とくに北風が吹く冬場は、我が家の周囲にその臭いがてきめんに立ちこめる。

やがて正体が判明した。それは裏山を越えた向こう側にある肥料工場だった。

夏場は南風だからいいが、冬になると北風がその臭気を運んでくるのである。

せっかく自然が豊かな土地に来たのに、これはないと思った。

土地を買うときに、周囲の環境をくまなく見て回ったつもりが、とんだ落とし穴だった。たとえば他の土地を案内されたとき、近くに牛舎があったために候補から落としたことがあったし、牧場の近くの物件もやめた。臭い環境に暮らすなんてまっぴらだからだ。それだけナーバスになって気をつけていたにもかかわらず、いったい何ということか。

臭いを出す物質は数十万種類もあるという。いい匂いもあれば悪臭もある。ことに悪臭は感覚公害といわれ、昭和四十六年に悪臭防止法が施行されている。

臭気というのは感情に直結しているらしい。鼻腔の奥で感じる感覚であり、脳に近いからダイレクトに来る。カビの臭いが人にストレスをもたらしているというレポートも読んだことがある。騒音もいやだけど、やはり空気が臭いというのはたまらない。

たとえ香水のようないい匂いでも、自然の中で嗅がされたら迷惑な話である。

肥料工場からの排気臭は、トリメチルアミン、メチルメルカプタン、酢酸や硫化水素などが含まれるようだが、いわゆる発酵臭である。

それも製造の段階によって、甘ったるい臭いから、腐った卵のような臭いまで、いろいろなタイプが我が家まで届いてくる。中でももっとも遠くへ飛散するのがアンモニアだそうだが、実は人がもっとも不快に感じる臭気がこの物質だという。

その会社の社長は地元の住民だった。

強面《こわもて》な人間でもなく、むしろ人の良さそうな人物で、こちらの被った迷惑を話し、なんとかならないかと相談を持ちかけた。

いくつかの試みをしてくれたようだ。

「木酢液の散布」「パーライトの配合」「消臭装置の設置」

中でも「オゾン脱臭装置」はかなり効果を発揮したという。

もっともこれらの臭気対策は発酵槽に対しての対処で、堆肥そのものからのアンモニア臭に関しては消臭あるいは減臭措置が困難。そのため、攪拌《かくはん》などに際しては風向きに注意するなどの措置を取るしかない。

くだんの社長がしばらくして他界され、息子さんがあとを継いだ。

その頃から、だんだんと我が家に届く臭気が少なくなってきたような気がする。

臭いというのは馴れるということがある。

いわゆる鼻が莫迦になるという奴だ。

たまに我が家を訪れる客が、鼻をふんふんさせて、「これは何の臭いですか？」と訊ねてくることがある。すると「え。臭いますか？」と返してしまう。だものだから、自分も家族もすっかり馴れてしまったのだなとわかった。もちろんそれはけっして問題の根本的な解決ということではない。

それから長い年月が経って、今度こそ、めったに臭気がうちまで届くことはなくなった。おいそれと訊ねるわけにはいかないのだが、長引く不況や農業人口の減少などで、肥料という製品の生産量、出荷量が減ったのではないだろうか。

そこにコロナ禍が追い打ちをかけたとしたら——？

今の二代目社長とは、よく地元で会って話をする。

臭いに関する話題はほとんど出なくなった。

灰溶融炉建設計画

ちょっと目を離したり、気をゆるめていると、行政というのは何をしでかすかわかったものではない——。

この一件がもたらされたのは、近くの町に住んでいる友人からだった。

隣の長野県諏訪郡富士見町という場所で、地元の行政事務組合によって計画されている灰溶融炉施設の建設。これが深刻な問題だという。

どれだけ深刻かというと、以下にざっと記す。

灰溶融炉というのは、ガス化溶融炉と並んで知られる大規模焼却炉のひとつである。

ガス化溶融炉は、一般のゴミを高温で燃やす施設である。一方、灰溶融炉は字義通り、ゴミの焼却で生まれた灰を千二百度以上という高温でもう一度燃やすための施設だ。そうすることによって、灰はドロドロに溶け、水で冷却するとスラグという物質になる。このスラグを建築資材や路盤材に使ったりできるというのだが——。

では、どうしてこの場所に灰溶融炉が建設されることになったのか。

該当の建設予定地の地域から出るゴミは、焼却され、その灰は埋め立て地に埋められていた。それが残る三年でいっぱいになるという。そこでこの施設が作られることになった。灰を掘り起こしてふたたび焼却すれば、問題は解決する——はずだった。

ところがこの設備、欠陥があまりにも多すぎた。

そもそも灰の中にはさまざまな汚染物質が混じっている。

ダイオキシン、ヒ素、クロム、ニッケル、鉛、カドミウム、水銀など。

だからドイツでは、核廃棄物と同じ危険物として、地下四百メートルの岩塩層に埋められている。

そんな灰をまた燃やすという。しかしいくら燃やしても、質量は二分の一にしかならないのである。そうして作られたスラグ自体、毒性が消えたわけではなく、下手をすれば悪名高きアスベストの二の舞になる可能性もある。また、当初想定されたほど、このスラグの需要がなかったことがわかってきた。持て余されているようなのである。

のみならず、高温で灰を燃やすと重金属や有害物質がガスになる。

煙突にはバグフィルターが取り付けられているが、煤ではなくガス化すると、それらがフィルターを通過してしまう。そもそもバグフィルター自体が高温に弱く、孔が開きやすい。そうかと思えば、目詰まりしやすいために故障や事故が起きる。排出されたダイオキシンや重金属といった有害物質は雨に混じったり、水に入ったりして環境汚染の原因となる。もちろん空気に混じって風で拡散する。その飛距離はなんと半径十から十五キロの範囲内。

その中に我が家が入っている。

しかもこの施設は高額である。建設費が二十億円、年間の運転管理費が三億円。

運転に際しては灯油を大量に使用する。千二百度以上という高温で灰を燃焼させなければならないからだ。

さらに恐ろしいことに、灰溶融炉には事故がつきものだ。なんと三十もの施設で重大な故障や事故が起こっている。

静岡、香川、宮崎などの施設では爆発事故が発生した。燃やされる灰にはいろいろなゴミが混じっているため、内部の耐火レンガがすぐにボロボロになるせいらしい。

そんなわけで二〇一五年の段階で全国の灰溶融炉のなんと六割超が、休止または廃止という状況に追い込まれている。ようするに未確立な技術なのである。

なお悪いことに、この灰溶融炉が建設される予定地は、実は活断層が確認されている。この場所は、私たちが暮らす北杜市を流れる釜無川の上流部に位置するのである。

そこにこんな恐ろしい施設を作られてはたまったものではない。

北杜市側とほぼ同時に隣県の地元・富士見町でも反対運動が立ち上がった。

さらに隣接する同県の茅野市、原村からも人々が集まってきた。住民や地方議員たちがそのメンバーだった。

私たち北杜市の側も長野県の人々とともに、計画の白紙撤回を求めて署名を集めるなどの運動を繰り広げてきた。北杜市内でデモ行進をした。川の汚染の可能性ということで、仲間と漁協にかけあったりもした。

組合側もこれを受けて、幾度となく町内のいろいろな施設で住民説明会を開催した。

質疑応答は活発だったが、話し合いは平行線のままだった。

もちろん住民側は反対で一致団結しているわけではなく、やはり賛成の立場を取る人間もいる。地元に助成金が流れ込むからだ。この構図は原発とまったく同じ。

組合側はゴミは焼いて減らさねばならないと主張し、反対住民たちは努力によってゴミ自体を減らすことができると主張する。

それにしても、だ。不完全な技術でしかない灰溶融炉を、水源のある川の上流に、それも活断層が発見された場所に建設するという無謀。万が一のことが起こったら、いったい誰が責任を取るというのか。

徳島県上勝《かみかつ》町の〈ゼロ・ウエイスト宣言〉が、好例として頻繁に取り上げられたのが印象深い。同町でゴミステーションに集められたゴミは、すべてリサイクル、リユース、あるいは資源として再利用される。二〇二〇年までに完全にゴミゼロにすると町は宣言し、それをしっかりと実現してきたのである。

さいわい推進側の組合長は、「双方が納得するまで徹底的に話し合う」といってくれた。そのことは大いに評価できる。

これが土建王国といわれる山梨県だったら、計画が発表された段階で行政と企業などの密約が交わされていて、かたちばかりの住民説明会が開かれ、どんな反対運動が起こっても「すでに決定事項」として工事が強行されるだろう。

民度の違いといえばそれまでだが――。

その間、反対運動を繰り広げてきた人々は環境省まで出向いたり、また組合側のメンバーとともに静岡で爆発事故を起こした灰溶融炉施設の視察に行ったり、環境先進国といわれるドイツのバイエルン州にある施設に見学に行った人々もいた。そんなふうに住民も市議たちも、そして地元の新聞社などのマスコミも、本当に活発に動いていた。

反対運動を立ち上げて二年後。

ちょうど私が愛犬とともにモンキードッグの訓練を受けているとき、当時、富士見町の町議だった女性から携帯電話に連絡が来た。

同町の灰溶融炉建設計画が事実上の白紙撤回――!

寝耳に水というか、びっくりして飛び上がるところだった。

彼女から聞かされた理由はこうだ。

全国的に実施されていた「土石流危険地帯」のマッピングの中で、今回の建設予定地がそれに該当していると判明した。そのため急傾斜地である同地に施設を作るためには、大規模な補強工事が必要となり、予定よりもかなり多大な費用がかかるということ。

もうひとつは、石油価格の高騰によって、三億円といわれた当初のランニングコスト年間予定額を遥かにオーバーするという事実であった。

こうして長野県諏訪郡富士見町における灰溶融炉計画は消滅した。

偶然が味方したということもあるが、住民の力が行政を動かした、これはとても希有な例である。

町村合併と土建王国

田舎暮らしをすると、これほど多くの問題に直面するのかと驚かれるかもしれない。

むろん、そんなことはない。

これはあくまでも一例にすぎない。私の身の回りにたまたま起きてしまったことなのだ。

しかし、大なり小なりトラブルは訪れる。それは都会で暮らしていても同じ。たとえば集合住宅で隣の部屋に、騒音や悪臭を流すような問題行動を起こす人が入ってきたら？　せっかく土地と家を買ったはいいが、隣に反社会的勢力の事務所がやってきたら？

今回、私が紹介した過去のトラブルは、その類いの延長線上にすぎない。

あえて目を向けないという生き方もある。

家の傍で狩猟行為をされても、裏山がゴルフ場になっても、近くにどんな公害をもたらす施設が作られても平気。井戸が涸れたら公営水道を引けばいい——そんな考えで生きるほうが、ずっと楽だし、ストレスも少ないだろう。

しかしそれは後ろ向きだし、消極的で受け身な生き方でしかない。

近視眼的視野であり、刹那主義といってもいい。

私は常日頃から問題意識を持っていて、それを重視し、行動原理のひとつとなっている。ある種の正義感かもしれない。それゆえか、人生において得したことよりも損したことのほうが多い。しかしそれこそが自分自身の価値観だと思っている。

次に書いたいくつかの話は、とくに田舎暮らしとは無関係かもしれない。しかし、自分の中ではどうしても捨て置けぬ、大きな問題として記憶に残っている。

北杜市という市名であるが、実はうさんくさい。この市名、杜という一文字は〝もり〟と読む。また、〝やまなし〟とも読めるし、山梨県の北部に位置するから、そう決まったという由来があるそうだ。

二〇〇四年、いわゆる平成の大合併のときに、明野村、須玉町、長坂町、高根町、大泉村、白州町、武川村、そして小淵沢町が加わって新市となった。それまでは北巨摩郡と呼ばれていて、いまだにその名で年賀状を送ってくる人もいる。

この新市名は、公募で決まったということになっている。ところが記憶にあるかぎり、その公募でダントツ一位だったのは、「八ヶ岳市」であった。それにもかかわらず、最終的にその「八ヶ岳市」が勝手にはじき出されて、いつの間にか「北杜市」という名前になっていた。

おそらく出来レースだったのだろうと推測される。

実は最初からこの名前が決まっていて、さも民意を反映したというイメージを作るために、〝公募〟が演出されたのではないか。

そもそも杜《もり》といえば、宮城県の仙台をあらわす言葉だった。杜の都である。だから仙台には「北杜」と名のつく学校や建物が多く存在する。なんだかあちらに対してもうしわけないような気がしてならない。

そんなわけで、私は自分の小説作品では、いつも〝八ヶ岳市〟と書いている。

作者が創造した架空の市であるとともに、皮肉を交えたリアルな土地ということで――。

山梨県は土建王国と呼ばれてきた。

ここほど行政と土木建設業が結びついた県はないのではないか。昔から、選挙に勝つにはいかに多くの建設会社を抱き込むかにかかっているなんて、まことしやかにいわれていたぐらいである。

その選挙のたびに裏金が撒かれた時代もあった。

ある家では、「次の選挙で何を買う？」なんていう会話があったという。

さすがに二十一世紀にもなって、そんなことは廃れたはずだし、昔話として苦笑いの対象となっているだろう。たぶん？

地元の小学校には毎年、「砂防教室」という親子学習会がある。

三年生の児童たちが、親たちとともに川の建設現場に連れて行かれ、砂防ダムがいかに川の氾濫を防ぎ、地元の土地を守っているかの説明を受け、パワーショベルの座席に座らせてもらったりする。護岸のコンクリートに児童たちの手形を残したりする。

私も妻も、ダム反対派である。

児童らに「砂防ダムの是非を話し合わせる」というのならともかく、問答無用に川の現場に連れて行き、「砂防ダムの必要性」を説く。

これは洗脳以外のなにものでもない。

だから私たちは、「砂防教室」の当日は子供たちに学校を休ませた。もちろん、担任の教師にはその理由をはっきりと説明した。

たしかに当地はかつて多くの水害に見舞われ、悲劇の歴史を重ねてきた。

だからといって、砂防ダムが川や土地を守っているとはいいきれない。今の時代になっても賛否両論なのである。

長い豪雨が続くと、ダムそのものが水害の原因になることは、昨今のニュースで知られている。

砂防ダムは最近でこそスリット式などという形状も作られるようになったが、まだまれである。ほとんどが建設して数年で砂が溜まり、川が階段状になってしまう。しかし奇妙なことに、その溜まった砂を浚渫《しゅんせつ》する工事は行われない。

かつて行政の建設関係の担当者がいったのだが、建設とメンテナンスは予算の仕組みが違うから、なかなか砂の浚渫作業ができないのだという。それを聞いて、本当に莫迦な話だと思った。

階段状にズタズタに凹凸ができた川が一気に増水すれば、濁流がさらに暴れることになる。川岸を削ったり、護岸を越してあふれた水が、どんな被害を流域にもたらすことになるか——。

のみならず最近、大きな河川の堤防のすぐ下の土地が分譲地として売り出されている。次々とそこに新しい家が建ち始めている。

その土地は堤防よりも低く、いわゆる〝遊水地〟である。川が氾濫した際、水を逃がすための場所だったのだ。

それを、上流に砂防ダムができたから、もう川は氾濫しませんなどといっているのだろうか？　不動産会社は将来、何が起こったとしても、土地を売ればそれでおしまい。被害を被った人たちは知らぬが仏ではすまされない。

人間でいうと川はすなわち血管である。それをコンクリートで水の流れを寸断する。当然、水質は悪化し、生態系も大きく狂ってくる。私は渓流釣りをするので、そうした「川の死」を多く見ている。

のちに子供たちとは砂防ダムに関する話をした。

なぜ、あの日、学校を休ませたのか。大きくなっても憶えていてくれたら嬉しい。

天ぷら豪雪

ここはとにかく寒い土地である。

冬場は八ヶ岳颪と呼ばれる寒風が吹き下ろし、川も池沼も凍り、大地も硬く凍てつく。

ところが積雪は意外に少ない。

雪があまり降らない代わりに、ひたすら寒いという場所である。

逆に北陸など日本海側の豪雪地帯は、むしろ平均気温はここらよりも高い。場所によっては水道管に不凍栓がついていないところもあるというから驚いた。

二〇一四年の二月十四日から十六日にかけて、そうバレンタインデーの頃、すさまじく大量の雪が降った。

朝、起きてブラインドを開けると、雪が窓の上まで覆っていて景色がまったく見えなかった。いったい何が起きたのかと外に出て、我が目を疑った。

一面、真っ白な世界だった。

家の形がわからないほど屋根や軒に積もり、外に停めていた車は白い丘となっていた。記憶にあるかぎり、その何年か前に記録した積雪が七十センチ。そのときですら地元のお年寄りが生まれて経験したことがないといっていた。その積雪量を今回は遥かに上回っていて、我が家の周囲は百二十センチの積雪量があった。

中央本線も、国道二十号線も、高速道路の中央自動車道も交通がストップし、大勢が列車や車内に閉じ込められていた。

完全に雪の下になっていた犬小屋を掘り出して犬を救助し（よく生きていたものだ）、それから家族総出で雪かきをした。車を掘り出し、生活動線を作り、とにかく日がな一日、みんなでスノースコップをふるっていた。

隣家の石油ヒーターの排気筒が完全に雪で覆われているのを見て、妻とふたりしてそれを必死に掘り出した。さいわい隣のご婦人は生きておられた。

そんなおり、テレビはロシアのソチで開催されたオリンピックの話題やバラエティ番組ばかりを流し、このパニック的な豪雪のことはほとんど報道されない。

県も市も対応は後手後手に回る。

山梨県だけではなく、長野、静岡、群馬、埼玉も孤立。

緊急事態宣言の発令もないのかと思っていたら、当時の首相はなんとものんきに料亭で天ぷらを食っていた（この恨みはたぶん一生忘れない）。

だから今でも私は、あの大雪をこう呼んでいる。

〝天ぷら豪雪〟と――。

地域によっては長期間の停電もあったそうだが、さいわい我が家の周辺は送電が確保されていた。もっともうちは薪ストーブだし、もともとアウトドア一家。キャンプ用品、山道具に事欠かないから、停電がいくら長引いても何のそのだっただろう。

ゆいいつ井戸の停止だけが心配だったから、大量のペットボトルなどに水を確保し、バスタブいっぱいに水を溜めておくなどの予防策はしておいた。

オール電化だとか、もっぱら電気に頼る生活をしていた人たちはたまらなかっただろう。

ライフラインを一本化するのは無謀以外のなにものでもない。

ようやく市や町による除雪が始まり、新潟から救援に駆けつけてくれたロータリー除雪車が市内各地で大活躍していた。

しかし我が家の前の道は公道であっても、いわゆる〝赤道〟と呼ばれ、道路法から除外された場所。当然、公共機関による除雪作業は入ってこない。だから、自分たちでなんとか頑張るしかない。

そんな中、原発事故の福島から避難してきて、地元で大規模農業をしているOさんには大いに助けられた。大型のパワーショベルやトラクターで雪をかいてもらったのだ。

そうして四日間、毎日のように雪かきをし、ようやく麓までの道が確保できた。国道沿いにあるコンビニエンスストアまで、なんとか足を使って行けはしたが、店内の棚はことごとく空っぽだった。

国道で足止めを食らったトラックドライバーたちは、近くの公民館などに避難して寝泊まりしていたようだ。

そんなことがあったものだから、のちになってホンダの除雪機を購入した。

何度か降雪のたびに除雪機を出したが、たいした積雪量ではなかった。あれ以来、ドカ雪はまったく降らなくなった。

地元の友人は「樋口さんが除雪機なんかを買うからですよ。だから、売っ払ったりしないでくださいね」と釘を刺してくる。

クマも出ます

これは田舎暮らしの諸問題とはちょっと違うが、やはり書いておくべきことだと思う。

私の家の周辺の山々に棲む大型野生動物は、シカ、カモシカ、イノシシ、そしてツキノワグマである。

中でも、クマに遭う人はめったにいないだろう。

私は七回ぐらい遭っている。

田舎で生活すると、そんなにクマに遭うのかといわれるかもしれないが、私の場合は特別——ほとんどが渓流釣りのときだ。

私の渓流釣りはフライフィッシング（西洋毛鉤《けばり》釣り）で、地元特権というか、夕方だけに竿を出す。

よく朝まずめ、夕まずめというが、朝や夕方になると水生昆虫が活発に羽化をし、活動を始める。それを渓魚たちが捕食するのである。だから、そろそろ日が暮れそうな時刻に車で出かけ、川に立つ。

渓流釣りは基本的に下流から上流へと遡る。魚たちはいつも上流を向きながら尾鰭を振って泳いでいるからだ。うかつに上流に立てば、かれらに気づかれてしまう。

入渓点から川に立ち、ロッドを振って毛鉤を飛ばしながら魚を探り、どんどん遡上していく。

そんなときにふと気配を感じたり、風に獣臭を嗅ぎ取って足を止める。

目の前に真っ黒な何かがいる。

ツキノワグマである。

夕方、釣り人は上流を目指す。一方で山のクマは川伝いに下流へと下りてくる。

だから鉢合わせするのである。

クマ鈴をつけて鳴らしていても、瀬音でほとんど聞こえないから無意味だし、薄闇になっていたりすると、かなりお互いが接近するまで気づかない。

双方が目を合わせ、どちらもたまげて硬直している。

初めて遭ったときはさすがに生きた心地がしなかった。もっともこちらが棒立ちになっているうちに、クマのほうからさっと逃げてくれた。それから二度目、三度目、それ以降も同じケースだった。

私が襲われなかったのは、クマに背中を見せて逃げ出さなかったからだ。茫然《ぼうぜん》自失して立ち尽くしていたのが良かったのだと、あとになってわかった。

最近は、必ずクマよけスプレーを持参する。

カプサイシンガスを噴射するスプレーで、飛距離は数メートルから十メートル近くになる。しかしいくら十メートルといっても、実際はかなり近く感じられる。さいわいまだ使ったことはないが、何しろ相手はクマである。その距離まで引きつけるにはかなり勇気が必要だろう。

たいして飛ばなかったり、カプサイシンの濃度が薄いパチモンみたいな製品も多いらしいが、私が持ち歩くのはアメリカ製の〈カウンターアソールト〉。もともと北米のグリズリー対応として作られているので、威力は抜群である。たかが身長百二十センチ程度のツキノワグマには少々オーバースペックかもしれない。

値段が一万円前後もするし、未使用で保管していてもカプサイシンの濃度がだんだん薄れていくので消費期限が五年しかない。しかしこれは保険だと思っている。

犬との裏山散歩もこれを絶対に欠かさない。

いちばん最後にクマと遭遇したのはもう三年前だったか。犬とふたりで裏山に入ったときだった。そのときもクマのほうからとっとと逃げ出してくれた。

莫迦な話をいうと、クマにバッタリ出会うと、私はいつも腰にスプレーをつけていることをすっかり忘れてしまう。これでは肝心の〝保険〟の意味がないなと思わず苦笑いする。

愛犬ココを授けてくれた山中湖村の猟師、Hくんの話だと、本当はクマよりもイノシシのほうがおっかないそうだ。

クマが人を襲うのは、臆病な犬が咬みついてくるようなもの。人間が怖いから、我を忘れて攻撃をしかけてくる。ただし、いったん人を襲ったクマは、人間という存在の弱さを学習するため、駆除対象になってしまう。

そこへ行くと、イノシシは根本から違うという。

何しろ腹を据えて戦闘モードになる動物だから、戦いのモチベーションがクマとははっきり異なるのである。ことに牡のイノシシの下顎から生えている三日月形の長大な牙。あれでたとえば太腿の動脈をえぐられて亡くなった人もけっこう多い。

実をいうと、裏山に犬と入ってまともにイノシシと対面し、犬を放して、立木に登って難を逃れたことが一度だけある。そのイノシシはかなり巨大で、底力のある唸り声を洩らしながら、私のいる木の周囲をうろうろしていたが、やがて去って行った。

先に逃がした愛犬は……飼い主を見捨てて、とっととひとり勝手に我が家に戻っていた。

何とつれない相棒だとは思ったが、あえて叱りはしなかった。

近年、山が荒れて、人と獣の世界との緩衝帯がなくなり、動物たちが里に下りてくる。

ここが山里ではないからと、ゆめゆめ安心してはならない。

学校帰りの児童がクマに遭ったり、イノシシに威嚇されたりということもある。自宅の物置に入ったら、中にクマがいたということも。

そんなとき、決して背中を見せて逃げ出さないことだ。

昔から〝クマに遭ったら死んだふり〟といわれるが、冗談も休み休みいえ、である。そんなことをしたら、クマの好奇心を呼び起こすだけだ。車のドアをぶち抜くという前肢の強力な爪で、ボーンと顔をえぐられる。そこで悲鳴を上げたり、逃げ出したりすれば、どんな運命が待ちかまえているかは自明の理。

怖くてもその場に立っているのがいちばんいい。

ゆっくり後ずさりするという指導もあるが、そんなとき踵《かかと》が何かに当たって尻餅をついたりしたらどうするの？　といいたい。

少なくとも、自分の場合は毎度、なすすべもなく、その場に立っていた。

それで何度も難を逃れたのである。

できればクマもイノシシも、こちらとは互いに距離を隔てて生きていきたいと思う。

そうすれば互いの不幸な出会いもなしに、駆除対象にもならずにすむ。

ようは棲み分けの問題ということだ。

放射能薪

本来ならば、薪ストーブの章に書くべきことかもしれない。

しかし、これは田舎暮らしの、それも深刻極まりないトラブルの話である。

歴史に残る未曾《みぞう》有の災害——東日本大震災における原発事故に関する出来事であるがゆえに、こちらの第二部のほうで扱わせていただくことにする。

事故から歳月が過ぎ、福島第一原子力発電所に関する報道は、ほとんどなくなってしまった。人々の多くは、もしかすると原発事故はすでに過去のものだと思っているのではないだろうか。

しかしあの忌まわしい事故はけっして収束したわけではなく、いまだに未解決のまま、今もなお続いているということを忘れてはならない。

二〇一一年三月十一日、政府が発令した原子力緊急事態宣言は、依然として解除されておらず、事故を起こした原発の建屋からは、現在に至っても毎時およそ二・四万ベクレルの放射性物質が大気中に放出されている。

そして思わぬかたちで飛び火となって、我々自身が被害を被ることになる。これはその一例である。

薪ストーブで燃やす薪は自力調達が基本。

前述したように購入すれば高く付く。だから、ありとあらゆる手を駆使して、無料（あるいはちょっとした交換条件）で薪の材料となる原木などを手に入れることが、薪ストーブオーナーの醍醐味のひとつであると思っている。

ところが毎年燃やすとなれば、そうもいかない。

というのも、その冬のシーズン前の薪集めがうまくはかどらないことが、少なからずある。地元での伐採など、薪の供給が少なかったり、また仕事が多忙すぎて薪作業にまで手が回らないということもある。

そういうときは仕方なく薪を購入する。安く上げるために原木のかたちで買う。

それを見つけたのはネットオークションだった。

〈長野発！　ナラ薪〉

出品タイトルはそうあった。二トンの量があるという。

長野だったら隣県で輸送費もそうかからないだろうし、良心的な値段だったため、即決価格で落札した。出品者は長野県上田市の住民で、同じ原木を複数出品し、そのほとんどが落札されていたと記憶する。

やがてその原木はトラックで運ばれてきた。売買成立。いつものように薪割りをして棚に積み、半年ほど乾かして仕事場の薪ストーブで燃やし始めた。

そうしていつもと変わらぬ薪ストーブライフが続くはずだった——。

三・一一以後、我が家には放射線を測定する線量計が常備されている。いわゆるガイガーカウンターである。どうしてそんなものが家にあるかといえば、やはり原発事故以来、妻や子供たちを守ろうという意識があって買い求めた。

このガイガーカウンターが、結果的に自分と家族の命を救うことになる。

ちょうどその頃、福島県二本松市で薪ストーブを使っている家の灰から、高濃度のセシウムが検出されたというニュースがあった。それを観て心配になり、私もストーブから出る灰の放射能を計測してみることにした。

我が家にあるガイガーカウンターは、米国S・Eインターナショナル社のInspector+というかなりしっかりした製品で、ワイプテストプレートを外せばα線、β線、γ線の合計数値が測れるようになっている。そのモードでテストしてみて驚いた。

なんと——１・１２６μSv／h。

もともと自然界にはカリウム40という放射性物質が微量に存在し、樹木をストーブで燃やして灰にすれば、当然それが濃縮されるため、線量計に反応する。しかし、今回の数値はそんな生やさしいものではなかった。

前述のご近所さん、Wさんに協力をあおぎ、たまたま三・一一以前に地元のナラを燃やした灰が彼の手元に残っていたので借りてきた。各サンプルを四百グラムずつ、ジップロックに入れ、同様の条件で計測してみた。

結果、原発事故前と後との数値のあまりの差に、唖然となってしまった。

そこで放射能検査では定評のある〈同位体研究所〉に灰のサンプルを送り、放射能の測定をしてもらうことにした。

それから待つことおよそ一カ月――。

驚きの結果が返ってきた。

最初はメールで、続いて書簡で我が家に届いた。

〈放射能（核種）検査報告書〉とあり、試料名はナラ材の焼却灰。

セシウム１３４は４２８２ベクレル／kg、セシウム１３７は５９４９ベクレル／kg。あわせて１万２３１ベクレル／kgという驚きの結果であった。

我が家で燃やし続けていた薪の灰のセシウム濃度が、１万ベクレル以上を軽く叩き出していたのである。実は国に定められた基準値は８千ベクレルで、それ以上となると保存することも扱うことも法律違反となる。

当初は市や県になんとかしてくれと懇願しては、そのたびにそっぽを向かれていたのだが、こうなるとさすがにわけが違う。結果的に市役所から県庁にまで飛び火し、それこそ蜂の巣をつついたような大騒ぎとなった。

その日の夕刻までに市や県から何度も電話がかかり、くだんの〝汚染灰〟および、まだ燃やしていない薪に関する処遇の話し合いをした。

この薪にかぎっては不幸中の幸い、家族で焚く母屋の薪ストーブではなく、私が仕事をする離れの書斎でずっと焚き続けていた。おかげで妻や子供たちがこの汚染灰による実害を被ることはなかったが、私と愛犬はさぞかし大量に被曝したはずである。

何しろストーブで薪を燃焼したときには煙を吸い込み、灰を取り出したり、畑に撒いたりするときも、かなりの量を吸い込んでいる。

そのあとがたいへんだった。

県と市役所の担当が、灰とまだ燃やしていない薪、さらに灰を撒いた畑の土を回収にくるという。担当者は総勢七名、全員が防護マスクに白ヘルメットという物々しいスタイルで作業を開始、しかもどこから情報が洩れたのか、地元のテレビ局に新聞社が取材にきていてびっくりする。

我が家にはまだ小さな子供たちもいるし、よからぬ風評被害を生みたくないので、とにかく顔を出さず、名前を出さずに取材してくれと頼む。

ヘルメットに防護マスクの七名は、テキパキと作業を開始。その有様を見ていて、まるでバイオハザード状態だと思った。

　薪ストーブ内部に残っていた灰、外のバケツの灰などを密閉容器に黙々と封入する。薪棚に残っていた薪をトラックに積み、さらに薪割りをした木屑やチェンソーの木っ端が散らかった土を掘り起こし、ビニール袋などに詰めていった。

　厄介なことに、焼却灰は近所の友人の畑にも差し上げていたので、そちらにも移動して、畑の土を袋詰めにしていく。

　この灰や土をどこで保管するのかと質問したら、担当者のひとりがこういった。

「しかるべき場所で保存します」

　何なんだ、しかるべき場所って？

　さて、この問題の放射能薪を我が家に売ったのは、長野県上田市の業者である。

　彼は長野県林務部の調べに対し、最初、この原木は長野県立科《たてしな》から持ってきたと証言した。その前年の十二月、立科のナラの薪から42ベクレルの放射線数値が出てニュースになったばかりだったが、今回の薪の灰から出たのは何しろ1万ベクレルである。桁が違いすぎる。

　その業者は「群馬県から持ってきた」とのちに訂正している。

しかし、私自身が調べたところによると、当時、群馬県内で薪を焚いた灰から1万ベクレルの数値が検出されたという情報は見られなかった。となると、もっと福島寄りのどこかの土地だったのではなかろうか？

いずれにしろ、放射線量の高い他県から運んできた原木を〈長野発〉とネットオークションに出しているところに意図的なものを感じる。〈長野産〉ではなく〈長野発〉である。これは誰もが見間違うトリックではなかろうか？

さらに由々しきことに、自分と同時にこの原木を落札して入手した人が多数いる。業者の話だと「ぜんぶで三トンが完売だった」という。

それで、本人のオークションＩＤから評価の過去ログを見ると、同じ原木を私以外に少なくとも五名に売却している。

我が家にたまたまガイガーカウンターがあったからことが発覚したが、ふつうは気づかない。燃やした灰から高濃度のセシウムが出るなんて知らずに吸い込み、畑にすき込んで野菜の肥料にしたりしているのではなかろうか。

そのことを山梨県と長野県に強くうったえたが、いずれも担当者の反応は消極的だった。警察にも相談したが同じ。こうした悪質な業者は法的に取り締まるべきものを、なぜか「放射能がからむ事案」となると、とたんに冷ややかな対応になってしまうのである。

自分で告発することも考えたが、裁判をしても勝てる可能性は低いといわれた。

何しろ、ことの主体が目に見えないものであり、1万ベクレルという高い放射線の数値を出した灰の元となった原木を売りつけた業者が、それをわかってやった——つまり意図的だったかどうかを客観的に判断することはできない。ましてやそれが福島の原発事故に由来することを証明するのはほぼ不可能。せいぜい罪を問えるとしたら産地偽装ぐらいのものだぞうだ。

井戸水枯渇の話と同じく、ここでも「目に見えないものは、因果関係が証明できない」という壁が立ち塞がるのである。

けっきょく、泣き寝入りとなった。

田舎暮らしにおけるもろもろのトラブルで、ここまで決定的に敗北したのは他に類がない。

さいわい、私も愛犬も、今のところ健康に生きてはいる。

第五章　移住者と地元民

本書もいよいよ大詰めとなる。

田舎暮らしや地方移住において、いちばん多く見られる問題は人間関係だ。

もっと早くに語りたかったのだけど、ここまで引っ張ってしまったのは、やっぱりオーラスにふさわしい話題だと思ったからだ。

新住民と旧住民。移住者と先住者との関係を、どうやって調整すればいいのか。

それはこの先もずっと存在する奥深いテーマだろう。

閉鎖性の強い土地

ここで何度も書いたが、山梨ではよそ者のことを〝きたりもん〟という。

よそから来た人間という意味だが、いかにも排他的な言葉だし、どうしても好きになれない。私自身は、それを地元の人から面と向かっていわれたことがない。しかし私の周囲ではそういい放たれたという知人が何人かいる。

何しろ、〝三代住んでも、きたりもん〟といわれるそうだ。

そこまで内外の区別が徹底されるということだろう。

では、山梨以外のよその土地はどうかというと、それぞれの土地で事情が違う。

たとえば富山県には釣りの師匠にあたる知人夫妻が住んでいて、彼らを頼ってよく長期滞在したものだが、あちらの人間はかなり印象が異なる。どこかのんびりしているのである。

車の運転ひとつ見ても、双方の違いは明らかだ。山梨のドライバーは〝甲州ルール〟あるいは〝山梨ルール〟という言葉があるように、身勝手な人間が多く、粗暴でせっかちだ。だから一般道を走っていても、しばしば後ろからあおられたりする。

もちろん富山にもよそ者をさす言葉があるが、あちらでは〝旅の人〟といわれる。そのほうが言葉が柔らかだし、親しみがこもっている気がする。いかにも相手を突き放したような〝きたりもん〟とは、あまりにニュアンスが違う。

私はこの土地に移住してきた当初から、猟友会や他のハンターたちと戦ってきた。

あいつはマスコミを連れてきたと地元民からいわれたが、それは事実である。そのおかげで我が家の周囲は銃猟禁止区となった。

ここらの田畑が荒らされるのはお前のせいだ——と面と向かっていわれたことはないが、そんな噂が流れていたということは知っている。

とにかくよそ者が地元で、勝手に目立つことをするのが嫌いなのである。

私はサルの群れの生態調査をボランティアでやったり、愛犬とともにモンキードッグの訓練を受け、市内各地で野生ザルの群れを追い払う活動をしてきた。その土地その土地で農家の人々から感謝の言葉を投げられたが、ついぞ地元からの出動要請は一度もなかった。

仕方なく自主的に活動し、サルたちが山を下りてくるたびに出動して、私と犬とで追い払った。そのため、地元の圃場でサルによる農業被害はきわめて少なくなったはずだ。つまり、訓練された犬とハンドラーのペアがいれば、里の農地は守れるのである。

当初、地元の人たちはなかなか受け入れてくれなかった。

里を散歩して挨拶して、ちゃんと返してくれるまで三年から四年ぐらいかかった。いつだって無表情でぶっきらぼう、たまに言葉を交わせばタメ口である。

――あんた、どこから来た。何をしてる人だね？

そんないい方が日常だった。

中には当初から心を開いてくれる地元民もいたが、明らかに少数派だった。

毎朝、子供をスクールバスのバス停に送っていた。その道すがら、毎度のようにすれ違う人がいた。明るくおはようございますと声をかけても、まったく返事をしてもらえない。目を合わせることすらしない。

それでも子供といっしょに元気に声をかけ、挨拶を続けていると、ようやく地味ながら返事をくれるようになった。そのうちに少し笑顔も見せてくれるようになった。

今では道端で立ち話ができる間柄である。

あきらめて、こちらから縁を絶ったらそうはならなかっただろう。

とにかく挨拶と笑顔を絶やさず、根気よくコンタクトをとり続けることだ。

かなりしんどいが、他に方法がないのである。

ここらでは行政の最小単位は「区」といわれる。

町や村はいくつかの「区」でできている。その「区」はさらに住民単位である「組」に分かれる。数軒から十数軒ぐらいの家がひとまとめにされて、それぞれ割り振りが決まっている。

区で行われる催しや行事、作業などは、「組」単位で輪番制の当番となる。

この土地で暮らし始める前、仮住まいをしていた八ヶ岳南麓の村では、地元の「組」に入らないとゴミ出しができなかった。

その「組」に入ってじきに近所の老人が亡くなり、葬式の手伝いにかり出された。

朝から晩まであれやこれ汗水流して働いて、無事に葬儀を終えてホッとしたが、「お疲れ様」のひと言もない。翌日から、また元通り、無愛想な顔を向けられるばかりだった。

地元の人たちとの関係って、こんなもの？　と、さすがにがっかりした。

ところが今の土地は、そこまで深い付き合いを強要されない。

逆に、よそ者をあまり村内に入れたくないような印象があった。

ゴミ出し当番にはくわえていただき、資源ゴミつまりリサイクル供出の手伝いをしたり、ゴミステーションのカギ開け当番をするぐらい。区費もとられないが、地元消防団の消防負担金だけは徴収された。それぐらいの関係である。

そんな中で、「あいつは愛護団体だ」とか「あいつがマスコミを呼んだおかげで、田畑が獣に荒らされるようになった」などという噂が流れた。それでも、直に何かをいってこられたことはなく、むしろ互いの関係はドライなままだったといえる。

それはひとえに我が家が地元民の集落からかなり離れた場所に位置していたからだろう。もしも集落の中に家族と住んでいたら、きっと周囲からの視線や陰口に耐えられなかったはずだ。

一方、私が住んでいる地区の移住者たちは、自分も含めて変わり者が多く、きわめて変人ぞろいである。私が移住してくる前の話だが、彼らは地元から「組」という単位でまとめられることを嫌った。

そうすると「組外」と呼ばれるようになって、さらに臍《へそ》を曲げた。

そんなわけで自分たちをどういうわけか、「チロリン村」といい、その「村民」といっていたが、いつの間にか代替わりをして、私がこの「チロリン村」の「村長」に押し上げられてしまった。

きっかけが大事

村八分にされたという話は、今でもたまに聞く。

意味としては、葬式と火事以外の八種類の交際を断つ——だから村八分なのだそうだが、真相は定かではない。

しかし、それはそもそも村内のことで、よそから来た部外者を村八分というのは妥当ではない。もともとのアウトサイダーを仲間に入れないのであれば、単純な拒絶である。

この国の村落では当たり前のようになされることだろう。

よそ者はやっぱりよそ者なのである。

郷に入れば郷に従えという諺《ことわざ》があるが、いくら従っても、あちらは本心から自分たちを信じてくれるわけではない。だいいち、何でもかんでも地元に従うなんてやり方のほうが無理がある。

考えてもみてほしい。

たとえば自然豊かなこの土地。我々はその自然を求めて都会から移住してくる。ところがもともとここに暮らしていた人々にとって、自然とは不便さの代名詞なのである。

彼らと話していて、「近くにスーパーができたから良かったね」とかいわれる。つまり、常に地元民は〝便利〟を求めているのである。

たしかに二十年前、物流が今のように発達していなかった頃、ここらで魚といえば冷凍庫の蓋を開けてカチンコチンに凍り付いた魚を買っていた。それが今、地元のスーパーの食品棚には新鮮な刺身がずらりと並び、ときとして〝マグロの解体ショー〟までもが行われている。

時代が変わったといえばそれまでだが。

ここで必要なのは、お互いの〝距離感覚〟の維持である。

すなわち――近づきすぎても離れすぎてもダメ。適度な距離を保って適度に付き合う。

しかもその距離はＴＰＯによって調整する。そこが大事。

旧住民たちの気持ちもわかる。

自分たちの先祖が開拓し、さまざまな艱難辛苦《かんなんしんく》を経て、必死に守り、生き抜いてきた土地である。そこにのほほんと移住者がやってくる。嬉しいはずがない。

斜にかまえた態度を取られたり、いやな顔で見られるのは仕方ないことなのだ。

たいていの場合、お互いの間にある壁は、お互いのことを知り合えないのが原因だということ。

だから、じっくりと膝を交えて話し合う機会を持つことが大事。

また、新旧住民はどちらもけっして一枚岩ではなく、いろんな人がいる。少しでもこちらのことに理解を見せてくれる旧住民も少ないながらもいて、よくお酒を持ち込んで、夜中まで話し合いをしたものだった。

実際、そういう人たちがお互いの間の緩衝材として動いてくれたことはたしかだろう。


我が家と地元集落の距離感が少し縮まったのは、地元の子供会のおかげだった。

お子さんらを持つ親御さん同士が集い、いっしょにイベントをする。子供会の親子レクレーションをやったり、通学のバス停の刈り払いを親同士で行ったりする。

最初はお母さんたちが仲良くなり、参加するお父さんたちも交流ができる。

子供という共通項目で、新旧住民が分け隔てなくひとつの行事をする。それが互いの間にあった壁を少しずつ低くしていったような気がする。

私の住む地区では、毎年恒例の行事として子供神輿《みこし》がある。

小さな神輿を子供たちが担ぎ、「わっしょい、わっしょい」と声を合わせながら、地区を回ってお賽銭を集めるのである。それを毎年やっているうちに、地元の人たちから「お疲れ様」「ご苦労様」と声をかけられるようになった。

地元との親子レクでも、昔はボウリングとか、ありきたりのイベントばかりだったが、私たちが参加するようになって、フライフィッシング教室をしたり、体験イベントでカヤックに乗ってみたり、そんな試みをやってきた。

旧住民の親御さん方にとっては、かなり新鮮な体験だったようだ。

私たち移住者との付き合いがなければ、きっと一生経験できなかったことだろう。

地元のお母さんがお子さんとふたり、楽しそうにカヤックをこいでいた光景は、今でも忘れられない。

困った移住者たち

ここ北杜市は、コロナ禍以来、確実に移住者が増えた。

新しく家が建ったり、借家が埋まったり。

東京から二時間という距離のため、双方でデュアルライフを楽しむ者もいる。

最近の移住者の特徴は、極力、地元に溶け込まず、孤立して生活している人が増えた——市役所の担当や不動産業の関係者は、そんなことを私にいった。

その土地に光回線が来ているかとか、とにかくインフラが重視される。もちろんリモートワークのためである。

仕事の場として、新しい土地にやってくるわけだ。

そういう人たちの中には、都会の流儀を田舎に持ち込んでくるタイプが多い。かつての都市部における自分たちの生活様式を、確固たる常識だと思っている。それに見合わないからと拒絶したり、反発したりする。

引っ越してきても、隣近所に挨拶もしなかったり、地元の人たちとすれ違っても、目も合わせない新住民が多いそうだ。

一方で損得勘定だけは異常に発達していて、ただなものは使い放題。もちろんエコロジーという概念はまったくないから、道端に平気でゴミを捨ててゆく。


自宅の敷地をブロック塀で囲うという悪しき因習を、いまだに引きずっている人がいる。あんなものは防犯上、何の役にも立たない。お金をかけるだけ無意味もいいところだし、むしろ地震のときに崩落して思わぬ事故につながる。だいいち自宅を塀で囲むという人間は、心の周囲に壁を作る人じゃないかと思う。

そういうところにこそ、バリアフリーの思考が必要なのではなかろうか。

二十年前、私や家族が土地の人たちから冷たい視線を投げられたが、それと同じことを、今は移住者のほうがやっているのだ。

そんな人たちは、地元の活動にいっさい参加しない。むろん出不足金《でぶそくきん》も出そうとしない。区費はともかく、消防負担金も拒否する。ところが、もしもその人の家から火が出たら、やはり消防団としては無視するわけには行かない。消防車に乗って火を消しにくるだろう。

新住民の中には、地元のやり方に対して意味もなく反発したり、気にくわないとクレームをつけたりする人もいる。それでいて、自分は何もしようとしない。

けっきょく周囲との関係を拒絶し、自ら断ち切ってしまう。

つまり孤立状態である。

そんな生活のどこが楽しいのだろうか？

昔から、ひねくれたり偏屈な移住者はいたが、最近はとみに増えた気がする。

そんな連中のことを、私は〝モンスター新住民〟と呼ぶ。

そうした〝身勝手なよそ者〟は老若男女の分け隔てなく存在するが、若い人たちよりも中高年に目立つような気がするのはなぜだろう？

移住者だけではない。別荘の住民にも多い。

たまに田舎にやってくるためか、愛想もへったくれもなく挨拶をしても無反応。犬の散歩中に別荘の車とすれ違うとき、狭い道なので路肩にわざわざ避けても、車窓をぴったり閉ざしたまま、目も合わせずに通過していってしまう。

たとえば春先などの気持ちのいい季候、緑あふれたこの土地に都会からやってきておいて、新鮮な空気を車内に入れようともせず、ウインドウを閉ざしたまま、エアコンを効かせて走っている車のなんと多いことか。

心の周囲に塀を張り巡らせる人と同じく、外との交流を閉ざしているのである。

そもそも日本人はコミュニケーションが苦手な種族だと思う。

だから海外に旅行や留学で行っても、現地の人間となかなか交わろうとせず、同胞ばかりで群れてしまう。悪名高き農協の団体旅行の時代から、なにひとつ変わっていない。

その原因は、独創性の欠如である。

個性を嫌って集団化し、他者を見本にするばかりでオリジナリティを重視しない。結果として、カタログをめくって選ぶような判断や行動を取る。そんな同一指向性がいわゆる正常性バイアスの原因である。

つまり、大勢がやっていることだから、きっとそれは正しいと無条件に信じてしまうのである。

都会流を引きずってやってくる人たちには、断乎としてこういいたい。

　——都会の常識は田舎の非常識。

何よりも大切なこと

美しいものにはいずれ飽きが来る——冒頭にそう書いた。

雄大な自然、澄み切った空気、星空、山紫水明……そんな素晴らしい環境に囲まれて毎日の生活をしているうちに、いつしか馴れてしまう。

私は渓流釣りや山登りがしたくてこの地を選んだ。しかし必死にここで生活を続けているうちに、釣りも登山も確実に行く頻度が少なくなった。

山や渓流はすぐ近くにある。

そこにいる——というだけで、なぜか満足してしまうのである。

では、田舎暮らしの本当の価値とは、いったいどこにあるというのだろうか？

二十年の生活で得られた結論。

それは——人である。

何よりもまず、いろいろと苦労を重ね、家族の大切さがわかった。

のみならず、周囲に暮らす人々。さまざまな人たちとの関わり。

それこそがこの土地における宝物だった。

人の優しさに、新旧住民の隔たりはない。無愛想でもぶっきらぼうでも、他人への思いやりを持っていさえすればいいのだ。最初は猜疑心や反発があっても、根気よく付き合っていくうちに、相手の良さが少しずつ見えてくる。

むろんその逆もあるにはあるが、だったら思い切って距離を置けばいい。

田舎暮らしは器用でなければならないと書いた。

その器用さは、人それぞれで違う。

得手不得手があり、いろいろな得意分野があるのだ。だからこそ、お互いに助け合いが必要となる。ないもの、できないことを、互いが補完し合う。

たとえば私は車というものに関する知識がほとんど皆無だ。たいていの故障や不調は修理工場にまかせている。ボンネットを開けても、何が何やらわからない。自分でやれるのはタイヤ交換や空気圧の調整ぐらい。

車で走行中、ふいにトラブルに見舞われたとき、やはり自分で何とかしようと努力はする。どうしてもダメな場合、近くに住んでいる友人に連絡したものだ。

先述したWさんは、カー雑誌に連載を持っていたライターだが、レストアのプロフェッショナルでもあった。当然、たいていの車のトラブルの対処法はご存じだし、ツールも所有されている。

パウダースノーの雪だまりに軽トラがはまり込んで、どうにも脱出ができなかったとき、彼のデフロック付きの軽トラがパワフルに活躍してくれたこともある。

逆に私自身が他人を助けることも多い。

近所の人に頼まれ、屋根に登って、テレビアンテナの調整をしたり、豪雪で車を出せない隣家のために四駆車で買い出しにいったり。

密猟のくくり罠にキツネがかかっていると携帯電話に連絡が入り、強力なワイヤーカッター持参で駆けつけ、連絡してきた当人とふたりして、気の毒なキツネくんを逃がしてやったのは何年前だったか——。

二〇一四年の〃天ぷら豪雪〃のとき、夫婦連れで暮らしていた山奥の別荘で、夫が持病の発作を起こして倒れた。ところが救急車を呼ぼうにも、雪で入っていけない。

報せを受けて地元の新旧住民が力を合わせ、除雪機やパワーショベルで雪かきをして、倒れた本人を病院まで搬送できた。

それも人同士のつながりがあってのことだ。

そんなふうに頼り、頼られる。それが田舎暮らしの価値だといえる。

むすび

ここに一枚の写真がある。

土地を買い、ログハウスを建てて、その竣工のあとで、工事関係者や近隣住民を我が家に招き、ささやかな宴を行った。そのときの集合写真である。

何しろもう二十年以上も前。

みんな若かったなあと思いながら、その写真に見入ってしまう。

本当にいろんなことがあったこの二十年。

今にして思えばあっという間だった。

私は還暦を過ぎた。写真に写っている人々の何人かはすでに亡くなってしまったし、母もとうに他界している。このとき、まだ生まれていなかった子供たちは、大きくなって家を離れ、都会暮らしを始めている。

地元の人たちも顔ぶれが少しずつ変わっていった。お年寄りたちが亡くなり、世代交代があり、親から子へ、さらに孫へと、農地や事業や家が受け継がれていった。

移住者たち——「チロリン村」の村民たちも、去って行った者も、新しく入ってきた者もいる。犬の散歩で行き会うと、つい長話になったり、お裾分けをし合ったり。

集落の住民たちは、昔のような渋面でこちらを見る人はめったにおらず（もちろん何人かの例外がいるにはいるが）、にこやかに挨拶を交わせるようになった。

おそらく私や家族は、いまだに「きたりもん」なのだろうが、それはそれでかまわない。平和で穏やかな田舎暮らしがこの先もできることを祈るばかりだ。


この二十年、私はなんとか移住者と地元民との壁を取っ払おうと努力してきた。

その一方で、周囲の土地を銃猟禁止区にするなど、彼らの反感を買うこともやってきたが、それでもこちらから歩み寄ろうという努力だけはやめなかった。

しかし壁は依然として壁であり続けた。

今ではこう思う。

新住民と旧住民の間にある壁は、取っ払えるものではない。

ただ——双方が出入りできるドアがついている壁であれば、それでいい。

道端で出会えば頭を下げ、挨拶をし、野菜が獲れたよと持ってきてくださったり、こちらはこちらで故郷から送られてきた珍しい特産物のお裾分けを持っていく。いっしょにゴミ出し当番をしたり、神社の掃除や草の刈り払いをやったり。地元の夏祭りの手伝いをしたり。

そうした行事のあと、公民館で新旧住民がいっしょになってビールを飲む。

そんな関係がいちばんの理想ではないだろうか。

二〇二〇年から始まった新型コロナ禍は、今や人々の生活を一変させ、いろいろな常識を覆してしまった。

ワクチンに大騒ぎをし、藁をもつかもうと人々があがいている裏で、コロナウイルスは自身を変えて変異株を生み出すなど、常に人間のやることに先手を打ってきた。

たかが直径百ナノメートル、一円玉の二十万分の一しかない存在に、人類は完全に翻弄《ほんろう》されてしまっている。

このコロナ禍はまた、日本人の脆弱《ぜいじゃく》性を浮き彫りにした。

目先の利益ばかりに目を向け、場当たり的な対応しかできず、同じ過ちを繰り返してばかりの政治家たち。彼らに血税をドブに捨てるような行政ばかりをされているにもかかわらず、見て見ぬふりをし、問題意識を捨てたまま、ただ与えられた餌をはみ続ける家畜のような多くの国民。

都会に暮らしていなくても、いろんなことが見えてくる。

いや、田舎に住んでいるからこそ鮮明にわかることもある。

日本人ほど正常性バイアスに憑《つ》かれた国民も珍しいのではないだろうか。

自分だけは大丈夫という根拠のない思考でものごとを決め、そのくせ主体性がないから他人と同じことをしようとする。その結果、集団で間違った道を選び、崖っぷちへと向かっていく。

コロナウイルスは目に見えない。放射能も農薬も除草剤も同じ。視認できないから楽観してしまう。それは大きな間違いだ。

自分の命は自分で守らなければならない。家族がいればなおさらのこと。

そんな中、リモートワークを選び、地方移住を実行するのは自己防衛の手段のひとつでもある。

新型コロナはもしかすると、これから先、インフルエンザのように人類と共存関係になっていくのかもしれない。

本書の、とりわけ第二部に記した多くの経験談は、あくまでも私自身の過去の記録（バイオグラフィ）である。しかし地方移住をしている、あるいはこれからする人たちにとって、それらのいくつかは決して他人事ではないはずだ。

ひとりの小説家が田舎暮らしをしたがための苦難の連続を、たんに読み物としておもしろおかしく楽しんでもらえるだけでもいいのだが、もしもそこから何かを学んでいただけるとしたら、作者としても本書を書いた甲斐があると思う。

幸福とは運にすがって得るのではなく、自分で切り拓いていくものだと思う。

人生は開拓《フロンティア》である。

参考文献

『野宿の達人、家をつくる』　斉藤政喜・著　地球丸
『薪ストーブ大全』『夢の丸太小屋に暮らす』編集部・編　地球丸
『薪ストーブの本』　ウィリアム・ブッシャ他　田渕義雄・訳　晶文社
『軽トラック　パーフェクト　マニュアル』　地球丸
『薪ストーブのある暮らし』　細川英雄・細川たかみ・著　筑摩書房
『ニュー　ナチュラルハウス　ブック』　デヴィッド・ピアソン・著　前川泰次郎・訳　産調出版
『田舎の家のたたみ方』　コンタロウ・三星雅人・著　メディアファクトリー
『森からの手紙』　田渕義雄・著　小学館
『山からの手紙』　田渕義雄・著　小学館
『寒山の森から』　田渕義雄・著　晶文社
『田舎さがし』　宮崎光・著　森林書房
『田舎暮らしなんか怖くない』　宮崎光・著　インターワーク出版
『環境リスク学』　中西準子・著　日本評論社
『検証・ガス化溶融炉』　津川敬・著　緑風出版
『日本の「水」がなくなる日』　橋本淳司・著　主婦の友社
『水の自然誌』　E・C・ピルー・著　古草秀子・訳　河出書房新社
『野生動物問題』　羽山伸一・著　地人書館
『沈黙の森』　北日本新聞社編集局
『山でクマに会う方法』　米田一彦・著　山と溪谷社

参考文献

『野生動物の生態と農林業被害』　三浦慎悟・著　全国林業改良普及協会

『鳥獣保護法の解説』　鳥獣保護管理研究会・編著　大成出版社

『狩猟読本』　大日本猟友会

『目の前にシカの鼻息〈アウトドアエッセイ〉』　樋口明雄・著　フライの雑誌社

そのほか、市役所、不動産、建築業、および近隣在住の方々への取材などで、多くの貴重なお話をうかがうことができました。この場をお借りしてお礼を申し上げます。

樋口明雄（ひぐちあきお）

1960年、山口県生まれ。雑誌記者、フリーライター等を経て小説家に。山梨県北杜市在住。作家業のかたわら野生鳥獣保全活動に従事。趣味は渓流釣りと登山。松濤館流空手初段。2008年『約束の地』（光文社）で第27回日本冒険小説協会大賞および第12回大藪春彦賞。'13年『ミッドナイト・ラン！』（講談社）で第2回エキナカ書店大賞を受賞。代表作は『南アルプス山岳救助隊Ｋ－９』シリーズの他、『サイレント・ブルー』（光文社）、『還らざる聖域』（角川春樹事務所）、『ストレイドッグス』（祥伝社文庫）など。同じくアウトドアや田舎暮らしの悲喜こもごもを描いた『目の前にシカの鼻息〈アウトドアエッセイ〉』（フライの雑誌社）がある。

田舎《いなか》暮《ぐ》らし毒本《どくほん》

2021年9月30日初版1刷発行

著　者 ── 樋口明雄
発行者 ── 田邉浩司
装　幀 ── アラン・チャン
印刷所 ── 堀内印刷
製本所 ── 国宝社
発行所 ── 株式会社光文社
東京都文京区音羽1-16-6（〒112-8011）
https://www.kobunsha.com/
電　話 ── 編集部03（5395）8289　書籍販売部03（5395）8116
業務部03（5395）8125
メール ── sinsyo@kobunsha.com

 ISBN 978-4-334-04565-4

1154
新聞記者、本屋になる
落合博

新聞記者であった著者はいかにしてひとり本屋を始めることができたのか。定年目前の58歳、子どもは3歳、書店員経験は0。第二の人生、妻の反対を押し切っての本屋開業記！

978-4-334-04561-6

1155
ルポ コロナ禍で追いつめられる女性たち
深まる孤立と貧困
飯島裕子

臨時休校、おうち時間、休業補償、テレワーク……。コロナ禍で生じた出来事の多くでより深刻な状況に陥ったのは女性だった。その背景にあるものを、当事者への取材から探る。

978-4-334-04562-3

1156
日本のジーパン
林芳亨

米国で生まれたジーンズがいかに日本で独自の発展を遂げたのか？ ジーンズ界の重鎮である著者がジーンズの歴史や、日本における受容のプロセス等「ジーパン愛」を語り尽くす。

978-4-334-04563-0

1157
脳の寿命を延ばす「脳エネルギー」革命
ブドウ糖神話の崩壊とケトン体の奇跡
佐藤拓己

巨大で大食漢な働き者「脳細胞」を長持ちさせる助っ人とは⁉ ヒトの脳の発達を可能にしたエネルギーとしてケトン体に注目。認知症・うつを防ぎ健康にも役立つ栄養摂取法を考察する。

978-4-334-04564-7

1158
田舎暮らし~~読~~毒本
樋口明雄

田舎暮らしにスローライフは存在しない！ 東京から自然豊かな地方に移住して20年の小説家が満を持して贈る、田舎暮らしのノウハウと闇。本書を読まずして移住するべからず！

978-4-334-04565-4